D0939133

# HABLAR SOLOS

**Andrés Neuman** (1977) pasó su infancia en Buenos Aires. Hijo de músicos argentinos emigrados, terminó de criarse en Granada. Es autor de las novelas *Bariloche* (Finalista del Premio Herralde y una de las revelaciones del año según *El Cultural*), *La vida en las ventanas*, *Una vez Argentina* y *El viajero del siglo* (Premio Alfaguara, Premio de la Crítica y elegida entre las novelas del año por los críticos de *El País*, *El Mundo* y los diarios holandeses *NRC* y *Volkskrant*). Ha publicado también los libros de cuentos *El que espera*, *El último minuto*, *Alumbramiento* y *Hacerse el muerto*; los aforismos *El equilibrista*; el libro de viajes por Latinoamérica *Cómo viajar sin ver*; y poemarios como *El jugador de billar*, *El tobogán* (Premio Hiperión), *Mística abajo*, *Patio de locos* o *No sé por qué*. El volumen *Década* recopila su poesía. Traducido a doce idiomas, formó parte de la lista *Bogotá 39* y fue seleccionado por la revista británica *Granta* entre *Los 22 mejores narradores jóvenes en español*. Escribe en su blog *Microrréplicas*.

www.andresneuman.com

# Andrés Neuman
# HABLAR SOLOS

punto de lectura

**PRISA** EDICIONES

© 2012, Andrés Neuman
c/o Guillermo Schavelzon & Asoc., Agencia Literaria
www.schavelzon.com
© De esta edición:
2013, Santillana Ediciones Generales, S.L.
Avenida de los Artesanos, 6. 28760 Tres Cantos. Madrid (España)
Teléfono 91 744 90 60
www.puntodelectura.com
www.facebook.com/puntodelectura
@epuntodelectura
puntodelectura@santillana.es

ISBN: 978-84-663-2748-0
Depósito legal: M-20.527-2011
Impreso en España – Printed in Spain

Imagen de cubierta: Irene García Castillo

Primera edición: septiembre 2013

Impreso en BLACK PRINT CPI (Barcelona)

*A mi padre, que es también una madre*

No crea que lo que le cuento a usted
lo puedo decir por ahí.

HEBE UHART
*¿Cómo vuelvo?*

Lito

Entonces me pongo a cantar y se me agranda la boca. A papá le da risa verme así de contento. Pero mamá no se ríe.

Llevaba pidiéndolo no sé cuántos veranos. Siempre me contestaban lo mismo. Más adelante. Odio que digan eso. Me imagino una cola larguísima de niños y que yo soy el último. Esta vez discutieron. En voz baja. Moviendo mucho los brazos. Se encerraron los dos en la cocina. No me gusta nada que hagan eso. ¡La cocina es de todos! Apoyé la oreja en la puerta. No se escuchaba bien. Al rato salieron. Mamá estaba muy seria. Se asomó a la ventana. Se sonó la nariz. Después vino y me dio un beso en el flequillo. Papá me pidió que me sentara con él. Así, como si tuviéramos una reunión. Me apretó las manos y dijo: Ya eres un hombre, Lito, vamos. Y me puse a saltar encima del sofá.

Trato de calmarme. Ya soy un hombre, ¿no? Me estiro la camiseta y vuelvo a sentarme. Le pregunto a papá cuándo salimos. Ahora, contesta. ¡Ahora! No lo puedo creer. Subo corriendo a mi cuarto. Abro y cierro cajones. La ropa se me cae. Mamá me ayuda a llenar la mochila. Esto va a ser lo máximo. Seguro. Segurísimo. Son las cosas que empiezan a pasarte cuando cumples diez años.

Bajamos los tres juntos a la cochera. Qué mal huele aquí siempre. Enciendo las luces. Y aparece el camión del tío Juanjo. Limpito. Como nuevo. Papá se pone a revisar las ruedas. El motor. El aceite. ¿Papá

13

sabe de esas cosas? Mamá sube mi mochila al asiento de adelante. Ahí. En el puesto del copiloto. No sé ni qué decir. Nos quedamos callados hasta que papá termina. Tiene los dedos negros. Parecen insectos. Se lava las manos despacio. Después sube a la cabina. Saca su billetera y pone una foto de mamá en el espejo. Ella se frota los ojos.

Tardamos un montón en irnos. Nos despedimos y todo eso. Mamá le habla al oído a papá. No para de abrazarme. Uf. Al final nos sentamos. Enseguida papá me pone el cinturón. Pero el suyo no se lo pone. Lee unos papeles. Mira un mapa. Anota cosas. De repente el motor hace ruido. Se levanta la puerta y la cochera se llena de luz. Dejo de ver a mamá saludándonos. ¡Bueno!, dice papá golpeando el volante, esperemos que Pedro nos traiga suerte. ¿Por qué se llama Pedro?, pregunto. Porque es un Peterbilt, hijo, contesta. ¿Y eso qué tiene que ver?, insisto. Papá suelta una carcajada y acelera. Odio que se ría de mí cuando pregunto cosas.

Veo pasar los techos de los coches. Es como ir en un helicóptero con ruedas. Algún día voy a conducir a Pedro. Segurísimo. Siempre me fijo en cómo lo hace el tío Juanjo. Hay mil botones por todas partes. Pero al final sólo se usan tres o cuatro. Lo más difícil debe ser el volante. ¿Qué pasa por ejemplo si tienes que girar para un lado, y de repente te equivocas y lo giras para el otro? Lo demás parece fácil porque papá no le presta demasiada atención. Va como pensando en otra cosa. Eso mejor no se lo cuento a mamá. En el coche ellos siempre se pelean. Me encantaría agarrar el volante. Pero es imposible con diez años, ya lo sé, no soy tonto. Nos pondrían una multa.

Hace mucho calor aquí arriba. Supongo que al estar tan altos el sol calienta más. Trato de subir el aire acondicionado. Toco los botones que tocó papá cuando salimos. Él pone cara incómoda y baja el aire de nuevo. Yo vuelvo a subirlo. Él vuelve a bajarlo. Qué pesado es papá. Pregunto por si acaso: ¿Me enseñas a conducir? Papá sonríe y después se pone serio. Más adelante, suspira. Eso ya me lo esperaba. Está prohibido, ¿no?, pregunto. Es por otra cosa, molusco pistolero, contesta papá. ¿Por?, me sorprendo. Él se hace el misterioso. ¿Por?, ¿por?, repito. Papá separa una mano del volante, levanta el brazo despacio (nos pasa un coche rojo rapidísimo, me encantan los coches rojos, prefiero los descapotables, ¡un descapotable rojo sería lo máximo!, ¿cómo harán los conductores para no despeinarse?, ¿o irán todos con el pelo corto?, claro, tiene que ser eso, ¿pero entonces las mujeres cómo hacen?), papá se queda así, con la mano levantada, hasta que vuelvo a mirarlo. Entonces estira un dedo y me señala. No, a mí no. Más abajo. Señala mis zapatillas. Por eso, dice él. No entiendo. ¿Por las zapatillas? Por tus piernas, campeón, dice papá, ¿cómo quieres llegar a los pedales? La verdad es que eso no lo había pensado. ¿Y con zapatos altos como los de mamá? Eso ya no lo pregunto porque me da vergüenza.

Dejamos atrás Pampatoro. El bar era feísimo. La comida estaba rica. Tenía una tonelada de kétchup. Ya no hay árboles. El campo está amarillo. Es como si la luz quemara todo el suelo. Leo un cartel: Tucumancha. Los costados de la carretera se llenan de rocas. Unas rocas anaranjadas que parecen ladrillos. ¿Los ladrillos de dónde salen? ¿Los fabrican? ¿O crecen en las rocas y los cortan en cuadrados? Pedro pasa muy cerca de los bordes. Papá va frenando raro. Tiene la espalda muy recta y aprieta el volante con las dos manos. Me acuerdo del *World Force Rally 3* (en la radio cortan la música para dar las noticias, dicen un número de muertos y otro de heridos, el número de heridos es más alto que el de muertos, ¿y qué pasa si algunos heridos se mueren?, ¿cambian los números?, ¿dan la noticia de nuevo?, la música que pone papá me aburre un poco, es toda vieja), ese videojuego tiene recorridos que me encantan, hay uno lleno de rocas como un desierto gigante. Además de atravesarlo tienes que ir esquivando a los animales y disparando a los árabes que te atacan. Si no les das rápido, ellos se tiran sobre el coche, rompen el cristal y te apuñalan. Es genial. Un día casi bato el récord absoluto. Pero en la última curva volqué, perdí una vida y me descontaron puntos. Los videojuegos de conducir son mi especialidad. A lo mejor es porque el tío Juanjo tiene el camión. Y aunque no me dé cuenta yo también he aprendido. Ahora que lo pienso, en el *World 3* no hay pedales.

Papi, digo, ¿sabías que hay un juego con un paisaje igualito a este? No me digas, contesta él. Es uno de mis preferidos, le cuento, lo más difícil es esquivar a los animales salvajes sin salirte de la carretera. Ajá, dice papá, ¿y si te sales, qué pasa? Vuelcas, contesto, y pierdes tiempo. ¿Y qué más?, pregunta papá. El pobre no entiende nada de videojuegos. Y entonces retrocedes un montón de posiciones, le explico, y tienes que adelantar a todos de nuevo. Salvo que encuentres un motor de aceleración o unas ruedas superdeslizantes, claro. ¿Y eso es todo?, se pone pesadísimo papá. ¿Cómo?, contesto, ¿te parece poco?, ¿esquivar animales, matar árabes, cambiar motores, adelantar a todo el mundo sin estrellarte con las rocas? No, no, dice él, lo que te pregunto es si no pasa nada más cuando tienes un accidente, o sea, ¿sales herido?, ¿te atienden?, ¿te toca descansar un par de carreras?, ¿algo? Papá, resoplo, los juegos no funcionan así. Me cruzo de brazos. No pienso discutir con alguien que nunca batiría un récord ni en el *World 1*. Me pongo a tocar la radio hasta que encuentro una música más divertida. Miro a papá de reojo. No se queja. Pasamos otro cartel: Mágina del Campo, 27 km. No se ven más rocas. El sol ya casi está a la altura de Pedro. Ahora hay alambradas. Tractores. Vacas. Si chocamos con alguna repito la partida.

¿Tienes hambre?, pregunta papá. No, contesto. Bueno, un poco. Enseguida paramos de nuevo, dice él mirando el mapa, por hoy es suficiente. Después estira los brazos (me parece que no debería soltar el volante, mamá siempre se lo dice en el coche, y papá le contesta que sabe lo que hace, y mamá le dice que si supiera lo que hace no soltaría el volante, y papá le dice que la próxima vez conduzca ella, y mamá le contesta que cuando ella conduce él se pone insoportable, y los dos siguen un buen rato), dobla la espalda, mueve el cuello, resopla. Tiene cara de cansado. Oye, digo, ¿y si nos comemos algo de lo que llevamos ahí atrás? No, Lito, no, se ríe papá, la mercancía hay que entregarla intacta. Además, va en envases protegidos. Y numerados. ¿Uno por uno?, pregunto. Uno por uno, contesta él. Y después de entregarlos, pregunto, ¿los cuentan todos de nuevo? La verdad, contesta papá, no estoy seguro. ¿Y entonces?, me impaciento. En los trabajos, hijo, dice él, hay muchas cosas que no tienen sentido. Por eso mismo te pagan, ¿entiendes? Más o menos, contesto.

Dejamos a Pedro enfrente de un bar con luces de colores. Papá me recuerda que llame a mamá. Yo le explico que acabo de mandarle un mensaje. Llámala igual, me insiste. Uf. Lo bueno es que después hace la gran pregunta: ¿Hostal o camión? ¡Camión!, grito, ¡camión! Pero mañana, dice papá señalándome con un dedo, nos duchamos sí o sí, ¿entendido?

Bajamos a hacer pis. Nos lavamos los dientes con una botella de agua. Preparamos la litera de atrás. Trabamos las puertas. Cubrimos las ventanillas con unos plásticos. Nos acostamos de espaldas al volante. La litera está dura. Papá me pasa un brazo por encima. Su brazo huele a sudor y un poco también a gasolina. Eso me gusta. Cuando cierro los ojos empiezo a escuchar a los grillos. ¿Los grillos nunca duermen?

Elena

Acaban de salir. Espero que mi hijo vuelva contento. Mi marido ya sé que no va a volver. Era ahora o nunca, cierto. Pero a Mario le cuesta (a los hombres les cuesta en general) admitir que a veces toca nunca.

Sin pensar siquiera en el riesgo de accidentes, que de sólo nombrarlo me aterra, ¿y si él empeora? ¿Y si no puede continuar? ¿Qué haría entonces Lito? Eso Mario se niega a contemplarlo. Parece convencido de que su voluntad puede más que sus fuerzas. Como de costumbre, yo cedí. No por generosidad: por culpa. Lo absurdo es que ahora me arrepiento igual.

Si Mario aceptara hasta dónde llegan sus fuerzas, les habríamos contado la verdad a todos nuestros amigos. Él prefiere que seamos herméticos. Discretos, dice. Los derechos del enfermo están fuera de duda. De los derechos de quien lo cuida nadie habla. Nos enfermamos con la enfermedad del otro. Así que en ese camión voy yo también, aunque me haya quedado en casa.

Mario insistió en que necesitaba viajar con su hijo al menos una vez en la vida. Llevárselo en camión, como su padre había hecho con él. Yo me sentí incapaz de refutar algo así. Pero después se le escapó un argumento inaceptable. Dijo que además el dinero nos iba a venir bien. Peor: que *me* iba a venir bien. Si ya me habla en esos términos, entonces no va a poder aguantar tantos kilómetros. Y que siga empeñándose en tomar decisiones económicas como hacía mi suegro, al estilo cabeza de familia, demuestra que en el fondo niega su situación.

Acabo de llamar al doctor Escalante. Le he pedido una consulta urgente para que me hable sobre el estado de Mario y sus posibilidades reales de resistir la carretera. Deberíamos haberle preguntado al doctor Escalante antes de decidirnos. Quizá Mario se imaginaba su opinión, y por eso se opuso desde el principio. Me repitió que se trataba de un asunto personal, no médico. ¿Yo qué iba a hacer, llevarlo a rastras? Pero creo que ahora tengo derecho, por lo menos, a hacer esa visita por mi cuenta. Quiero saber cómo lo encontró exactamente en la última revisión. Voy a exigirle absoluta franqueza. Supongo que habré sonado bastante ansiosa, porque me ha dado cita para mañana mismo a las 11.

Aprovechando que no está lejos, pasaré también por la sala de profesores para preparar las recuperaciones de Lengua. Todavía falta para los exámenes, pero no trabajar me saca de quicio. Me temo que existen dos tipos de alienación: la del trabajador explotado y la del trabajador de vacaciones. El primero no puede pensar, le falta tiempo. El segundo sólo puede pensar, y esa es su condena.

Sigo esperando que Mario responda mi mensaje. Siento una mezcla de calor y nerviosismo. Una necesidad de rascarme fuerte todo el cuerpo, hasta arrancarme algo que no sé qué es. No me gusta que Mario atienda el teléfono mientras conduce. Así que estoy en sus manos. Él me asfixia mientras aprieta el volante. Lo va girando. Me retuerce el pescuezo. Basta. No pienso escribir más hasta recibir ese mensaje.

No pienso escribir más hasta recibir ese mensaje.
No pienso escribir más hasta recibir ese mensaje.
No pienso escribir más hasta. Por fin, por fin.

Están bien. O eso me dicen. Al menos han tenido el tacto de mandarme dos mensajes. El de Mario, en el tono justo. Escueto pero no evasivo. Cariñoso sin sonar melodramático. Cuando quiere, todavía sabe cómo tratarme. Eso fue lo que me enamoró de él: que, además de las palabras, manejara los silencios. Hay hombres que hablan genial, conozco a muchos. Pero casi ninguno sabe callarse. La mayoría de mis amigas identifica al tipo duro con el tipo silencioso. Me parece un malentendido cinematográfico. Las peores rudezas masculinas que he presenciado han sido insoportablemente verbales. En voz bien alta.

La respuesta de Lito, como de costumbre, me costó descifrarla. Todas esas abreviaturas que se suponen tan veloces, ¿no demoran el sentido del mensaje? ¿No entorpecen la comunicación? Me estoy poniendo vieja.

Estuve sentada una hora y media en la sala de espera. Ver a tantos enfermos juntos no sirvió precisamente para tranquilizarme. Al final el doctor Escalante me atendió entre paciente y paciente. Me concedió cinco minutos de reloj. Asintió casi todo el tiempo y se disculpó por la prisa. Al verme angustiada con más preguntas, me sugirió que volviera mañana. Tiene un hueco de 12.00 a 12.30. Ahí estaré. Lo único que alcanzó a decirme es que, aunque el viaje tenga sus riesgos, en este momento el organismo de Mario está experimentando el alivio de la interrupción de los fármacos. Y que eso normalmente eleva las defensas durante un período limitado. Lo cual, sumado al estímulo anímico, y por supuesto sin ninguna garantía, podría devolverle a Mario ciertas fuerzas que meses atrás no tenía. Le pregunté al doctor cómo de limitado va a ser ese período. Él se encogió de hombros y repitió: Limitado.

La prudencia de los médicos me irrita. Conversar con ellos se parece a hablar desde un teléfono sin cobertura. O sea, a escucharse a una misma. Permiten que te desahogues, que hagas preguntas cuya respuesta temes y que, poco a poco, vayas haciéndote cargo del panorama con la mínima información por su parte. El doctor Escalante es un hombre extraño. Sabe gestionar su posición. No exhibe su poder: lo da serenamente por sentado. Lo que más me llama la atención de él es esa especie de aplomo reservado, de convicción distante, mezclada con la energía propia de su edad. El caudal de energía se le nota en la mirada y en los movimientos bruscos de los brazos. En realidad, el doctor Escalante no es tanto más joven que yo. Pero en su presencia, no sé muy bien por qué, me siento como una mujer mayor o con una vida más previsible que la suya. Me apuesto lo que sea a que no tiene hijos.

Antes de ver al doctor, charlé con Lito y Mario. Lito me contó que habían dormido en el camión. Se suponía que iban a descansar en hoteles. Era nuestro trato. Preferí no enfadarme porque parecían contentos. Mario me dijo que no había tenido náuseas. Sonaba distendido. Cuando está ansioso o me miente, hace pausas extrañas en las frases, respira en lugares poco naturales. Lito gritaba entusiasmado. Escucharlo así me consoló. Y al mismo tiempo me entristeció. Dice que vio un paisaje igualito al del Correcaminos. Están comiendo bien. Yo no. Voy a elegir los textos para los exámenes. Después voy a pasarme la tarde leyendo. Mis nervios se calman con la lectura. Falso. No se calman: cambian de dirección.

Al salir de la consulta, fui (hui) a una librería. Compré varias novelas de autores que me gustan (lo hice rápido, casi sin mirar, como si fueran analgésicos) y un diario de Juan Gracia Armendáriz que hojeé por casualidad. Sospecho que ese libro, más que un analgésico, podría ser una vacuna: va a inocularme la inquietud que intento combatir.

«La enfermedad, como la escritura, llega impuesta», subrayo en el diario, «de ahí que los escritores se sientan incómodos al ser preguntados por su condición», a los profesores en cierta forma nos pasa al contrario, parece que fuéramos con nuestra condición por bandera, vivimos en un aula. Imagino que a los médicos les pasa lo mismo, y debe de ser mucho peor: para los demás, sin descanso, ellos siempre son médicos. «Sin embargo, si son preguntados por sus técnicas favoritas o por sus autores más amados, los escritores hablarán sin parar, igual que los enfermos se vuelven especialmente locuaces cuando nos interesamos por sus dolencias», la diferencia sería que los escritores no pueden evitar hablar de algo que los salva, mientras que los enfermos no pueden evitar hablar de aquello que más odian.

Vengo de ver al doctor Escalante. No ha sido como esperaba. En ningún sentido.
¿Pero esperaba algo?
Llegué a la consulta a la hora en punto. Tal como suponía, tuve que esperar un buen rato. Me hicieron pasar la última. El doctor Escalante y yo nos saludamos con frialdad. Me pidió que tomara asiento. Dijo «Y bien» o alguna fórmula por el estilo. Todo perfectamente normal. Después no estoy muy segura de qué pasó, o cómo.
Al principio se comportó igual que siempre. Escuchaba, asentía y me contestaba de forma didácti-

ca, como si se estuviera callando la parte más conflictiva de cada respuesta. Eso hizo que yo me exasperase, porque no había vuelto allí para repasar las generalidades que conozco de memoria. A veces tengo la sensación de que los médicos no te hablan para que comprendas lo que sucede, sino para que tardes un poco más en comprenderlo. Por si mientras, con suerte, la enfermedad se cura. Y, si no se cura, al menos se habrán ahorrado el trance de anticipar la situación. Esa cautela me revienta. Se lo dije tal cual al doctor Escalante. Detecté en él un gesto irónico y, a la vez, de cierto agrado. Sonrió. Pareció relajarse. Como diciendo: Así que tú eres de esas. De las kamikazes. De las que creen que prefieren saber.

En ese momento me pareció que el doctor era un hombre seguro de gustar, sin ser guapo.

A partir de entonces el doctor Escalante cambió el tono, soltó las manos, se acercó al borde del escritorio. Yo me puse en guardia y traté de no acomodarme el pelo, no cruzarme de piernas, no parpadear ni nada. Y, por primera vez, tuvimos una conversación de verdad. Él fue crudo, directo y a la vez respetuoso conmigo. Me habló de igual a igual, sin eufemismos denigrantes. Confirmó casi todos mis temores. Aunque insistió en que el viaje no era el auténtico problema. Se supone que yo sabía todo lo que me dijo, pero me impresionó escuchárselo tal cual. Ahí el doctor Escalante me pareció un tipo digno. Al fin y al cabo, no le pagan para ser tan sincero.

Cuando ya parecía que la conversación se terminaba, uno de los dos, no recuerdo cuál, hizo algún comentario sobre el matrimonio. Nada llamativo. Una frase al pasar. Pero eso provocó que nuestro diálogo, casi sin darnos cuenta, se retomara. Y no sólo recobró su intensidad, sino que pasó a un plano más personal. Yo le hablé de mi hijo, de sus tíos y abuelos. El doctor

Escalante nombró a su madre, que murió de la misma enfermedad que ahora él intenta combatir. Yo mencioné los ataques de pánico que me impiden dormir desde que Mario está como está. Él me confesó que, al empezar a ejercer, había padecido insomnios graves. Y también me contó que estaba separado. Me lo dijo, no sé, con una empatía alarmante. Yo apreté la espalda contra el respaldo. Él miró la hora y puso cara de contrariedad. Yo me levanté como un resorte y estiré bien el brazo, para darle la mano a distancia. Él dijo: Es increíble lo tarde que se nos ha hecho. Y enseguida, apretándome la mano: Me voy ya mismo. La invitaría con mucho gusto, Elena, pero es una comida de trabajo. Yo le respondí que no se preocupara en absoluto, que tendría que haberme ido hacía rato, que debía hacer no sé qué no sé dónde. Y corrí hacia la puerta. Entonces él añadió: Pero podríamos cenar, si le parece.

«Me di cuenta de cuál era el sentimiento que me acosaba», subrayo, me incomodo en una novela de John Banville, «desde aquella mañana en que había entrado en la luz vidriosa del consultorio», cuando hay enfermedad en la familia, la luz nos da rabia, o incluso asco. «Era vergüenza. Vergüenza, sí, una sensación de pánico a no saber qué decir, adónde mirar, cómo comportarme», hasta hace no tanto adoraba las mañanas, me levantaba ansiosa por llenarme de luz, iba al trabajo con la certeza de estar acompañada. Ahora prefiero la noche, que al menos tiene cierta cualidad de paréntesis, algo de cámara aséptica: todo parece un poco mentira en la oscuridad, nada parece dispuesto a seguir sucediendo. «Era como si nos hubieran revelado un secreto tan sucio, tan repugnante, que casi no pudiéramos soportar la compañía del otro, aunque a la vez fuésemos incapaces de alejarnos», ahora Mario está lejos pero nuestro secreto sigue aquí, en casa, «cada uno sabiendo esa cosa nauseabunda que sabía el otro, unidos por ese conocimiento», Mario se ha ido y ese conocimiento no. «A partir de aquel día, todo sería disimulo. No habría otra manera de vivir con la muerte.»

El día de hoy ha sido completamente desconcertante. Porque estoy no digamos borracha ni muchísimo menos, yo jamás me emborracho, pero sí quizás algo vaporosa. Porque son como las 2 de la mañana. Y porque hace un momento, en la puerta de casa, acabo de despedirme de Ezequiel con un abrazo largo y una especie de roce en la comisura de los labios. El vino era fantástico, hecho sólo con uvas de vendimia nocturna, eso dijo el sumiller, ¿de noche?, ¿todas?, increíble, ¿y cómo hacen para ver bien las uvas?, fantástico de veras, me anoté el nombre de la bodega para encargarlo por internet, ni muy ácido ni muy afrutado, un sumiller simpatiquísimo.

A ver si con el café se me despeja la mente.

En realidad, entré al restaurante con el firme propósito de comunicarle que no pensaba cenar con él. Que lo había pensado mejor y lamentaba mucho el malentendido. Por supuesto, habría sido más fácil decírselo por teléfono. Pero, ahí está el punto, yo no tenía su número personal ni su correo. El doctor, o sea Ezequiel, todavía se me hace raro llamarlo así, me había propuesto la cita a toda velocidad. Había mencionado un restaurante, una calle, una hora. Y había salido prácticamente corriendo. Yo apenas asentí. No me había negado, eso era todo. Me quedé aturdida frente a la puerta de la consulta, que tenía un letrero con los nombres completos de los especialistas y los horarios de atención de cada uno. El suyo acababa de terminar por hoy. Fue la primera vez que le presté verdadera atención a su nombre de pila. Debía cancelar esa cena. Y me di cuenta de que no tenía forma de localizarlo fuera de la consulta. ¿Esa omisión había sido una estrategia por su parte? No lo creo. Pero, en definitiva, tuve que presentarme en el restaurante. Hubiera sido ofensivo dejarlo plantado sin más. Precisamente a él. Al médico de mi marido.

Qué vergüenza, Dios mío, qué vergüenza.

Es más. Hasta llegué con diez minutos de antelación. Y él ya estaba en el restaurante. Me dijo que había tenido que visitar a un paciente. Y, como su paciente vivía más o menos por esa zona, había preferido esperarme ahí. Eso me descolocó, porque irme de inmediato en semejantes circunstancias habría sido como decirle: Entonces esperaste para nada, adiós. Realmente hubiera deseado llegar antes que él. Verlo entrar. Saludarlo con toda cortesía, dejando bien claro que me había tomado la molestia de esperarlo. Disculparme. Pagar mi consumición y largarme de allí. Eso había visualizado yo. Pero Ezequiel se puso en pie para recibirme, pareció alegrarse mucho de verme, fue extremadamente amable, me contó que acababa de pedir una botella de un Merlot que rara vez se encuentra en el país. Así que me callé, me senté y sonreí como una boba.

Desde ese instante todo transcurrió, ¿cómo decirlo?, a modo de antídoto. Cada palabra, cada gesto conspiró para cerrarme el paso e impedir mi huida. Ezequiel pudo haber evitado hablar de Mario (maniobra burda que me habría incomodado y expulsado enseguida de la mesa), pero hizo justo lo contrario. Lo mencionó desde el principio, integrándolo en nuestra charla con tanta naturalidad que casi parecía que mi marido había organizado esa cena y a último momento no había podido venir. Ezequiel también pudo haberme hecho preguntas demasiado personales, como para forzar mi intimidad. Pero se comportó al revés, siendo discreto con mi vida y muy abierto con la suya. Ezequiel pudo haberse insinuado, por lo menos un poco, después de que pidiéramos la segunda botella (lo cual, todavía entonces, habría provocado en mí cierto rechazo), pero no hizo el menor ademán. Ni siquiera desvió la mirada hacia mi escote. Que, aunque no fuera nada del otro mundo, al fin y al cabo ahí estaba.

Tal grado de contención, ahora que lo pienso, es algo que un hombre sólo consigue si se lo propone. O sea, si lo premedita. Dios mío. En fin, ya es tarde. No porque hayamos hecho nada irreparable. Sino porque ya son más de las 4 y no tengo ningún sueño. Y porque ni al llegar al restaurante, ni durante la cena, ni al volver caminando juntos hasta mi casa, ni al escuchar su número de teléfono, fui capaz de explicarle a Ezequiel que todo había sido un error, que nunca iba a llamarlo, que no quería verlo. Eso sí es irreparable. Casi tanto como haber escrito *Dios mío* varias veces. Tan atea y borracha.

Miro por la ventana y no sé qué hacer. Si asomarme a gritar, tirarme de cabeza al pavimento o pedir un taxi.


«Era un tanto feminista, para nada fanática», subrayo en un cuento de Cynthia Ozick, «aunque le daba rabia que le pusieran *Miss* antes del apellido. Lo consideraba ostensiblemente discriminatorio: ella quería ser una abogada más entre los abogados». A las profesoras, por ejemplo, los alumnos nos llaman *señorita* o, en el peor de los casos, *seño*. Llegados a ese extremo, preferiría que me acosaran. «Pese a no ser virgen, ella vivía sola.» Cómo se divierte *Miss* Ozick. Recuerdo que una vez, en una cena, un tipo le preguntó a mi hermana si vivía sola. En un gesto de humor no muy frecuente en ella, mi hermana respondió: Sí, estoy casada.

¿Por qué no me atreví a apostar por mi carrera académica? De acuerdo: me asustaba la precariedad, quedarme en la calle a los treinta, ser la enésima investigadora sin empleo, *et alia*. Pero había algo más. Algo que notaba a mi alrededor con bastante mayor claridad que mi dudosa vocación.

Atendiendo al destino de mis ex compañeras, me considero suficientemente documentada para elaborar este breve

ESQUEMA PERVERSO
DE LA
ASPIRANTE UNIVERSITARIA

que expondremos a continuación, estimados señores del tribunal, confiando en que acredite alguna capacidad de síntesis:

ERES CAPAZ
~~NO ERES CAPAZ~~                 [*id est:* por tonta]

ERES CAPAZ Y ESTÁS BUENA
~~ERES CAPAZ Y NO ESTÁS BUENA~~
                    [*id est:* por fea]

ERES CAPAZ, ESTÁS BUENA Y DEJAS QUE TE MIREN LAS TETAS
~~ERES CAPAZ, ESTÁS BUENA Y NO DEJAS QUE TE MIREN LAS TETAS~~   [*id est:* por estrecha]

ERES CAPAZ, ESTÁS BUENA, DEJAS QUE TE
MIREN LAS TETAS Y TE ASCIENDEN
~~ERES CAPAZ, ESTÁS BUENA, DEJAS QUE TE~~
~~MIREN LAS TETAS Y NO TE ASCIENDEN~~
[*id est:* por puta]

ERES CAPAZ, ESTÁS BUENA, DEJAS QUE TE
MIREN LAS TETAS, TE ASCIENDEN Y VIVES
AGRADECIENDO A TU MENTOR
~~ERES CAPAZ, ESTÁS BUENA, DEJAS QUE TE~~
~~MIREN LAS TETAS, TE ASCIENDEN Y NO VIVES~~
~~AGRADECIENDO A TU MENTOR~~
[*id est:* por ingrata]

ERES CAPAZ, ESTÁS BUENA, DEJAS QUE TE MI-
REN LAS TETAS, TE ASCIENDEN, VIVES AGRA-
DECIENDO A TU MENTOR Y, MUY IMPROBA-
BLEMENTE, LO RELEVAS CUANDO SE JUBILA
~~ERES CAPAZ, ESTÁS BUENA, DEJAS QUE TE~~
~~MIREN LAS TETAS, TE ASCIENDEN, VIVES~~
~~AGRADECIENDO A TU MENTOR Y, LÓGICA-~~
~~MENTE, TE JUBILAS SIN HABERLO RELEVADO~~
[*id est:* por vieja]

Esperamos no haberlos fatigado, estimados señores del tribunal, y que nuestra labor investigadora
obtenga, si no su inmerecida adhesión teórica, cuando menos su paternal beneplácito para continuar fra-
casando. Muchas gracias.


Saco el teléfono del bolso, lo aprieto, lo consul-
to, lo dejo sobre la mesa, lo guardo de nuevo en el bolso, vuelvo a sacarlo. Parezco una delincuente.
Lo primero que hice al levantarme fue llamar a
Mario. Me costó localizarlo. Parece que están bien. Ven

lugares, se divierten. Es como si sonaran más alegres sin mí. Cuando le pregunté si estaba durmiendo ocho horas diarias como me había prometido, Mario dudó. Me disgusté y discutimos. Nos quedamos callados. Y después fuimos tiernos. Lito me explicó no sé qué del camión y la lluvia, no se oía muy bien, de cualquier forma sonaba encantador. Me contó excitadísimo que le había ganado una carrera a su padre. Ahí le pedí que me pasara de nuevo con Mario. Él me juró que no había corrido en absoluto, que cómo se me ocurría, que ya sabía que el enano vive fantaseando. Colgamos de buen humor. Me quedé más tranquila. Me entretuve limpiando los cristales. Lavé un poco de ropa. Herví unas verduras. Leí un rato. Preparé los exámenes de Literatura. Cosí dos botones. Después llamé a Ezequiel.

Me preguntó si había pensado en nuestra cena de anoche. Le dije que no. Quiso saber si me había costado dormirme. Le dije que no. Me propuso que esta tarde tomáramos un café. Le dije que no. Me preguntó si podía llamarme mañana. Le dije que sí.

*«Hypocrite lecteuse! Ma semblable! Ma sœur!»*, subrayo con color en un ensayo de Margaret Atwood, la hipocresía iguala, la hipocresía hermana, hermana hipocresía, «alabadas sean las mujeres tontas», ¡alabadas, alabadas!, «que nos han dado la Literatura». Sin las mujeres tontas, jamás se habría escrito un solo poema de amor.

¿Mario es celoso? Más bien sí. ¿Yo soy celosa? Más bien no.

Pero también podría haber escrito: ¿Él es celoso? No seriamente, porque se reconoce como tal. Porque es un hombre natural con sus celos. Como mi hermana con los suyos. Ella incluso los cultiva. Le parecen una señal de amor.

Y también podría haber escrito: ¿Soy celosa? Quizá retorcidamente. Porque, siendo en teoría menos posesiva que ellos, en realidad no me atrevo a identificar en mí el instinto de posesión.

¿Tienen que ver con el amor, los celos? Tienen que ver: combaten. Probablemente se aniquilan. ¿Tienen que ver las fantasías con el matrimonio? Tienen que ver: conviven. Probablemente unas sostienen al otro.


Hace no mucho cumplí una edad, ¿cómo definirla?, una edad: eso. A partir de la cual empezamos a contarla, a ser demasiado conscientes de ella. No se trata de una cifra. Es una especie de frontera.

¿Por qué de pronto, sin haberlo decidido, empezamos a fijarnos en personas más jóvenes? ¿A espiarlas con cierto nerviosismo? ¿Por qué nos tienta llamar su atención, exhibirnos con disimulo ante ellas? ¿Qué esperamos que eviten? ¿Qué pretendemos que nos devuelvan?

La que piense que se trata de un problema exclusivo de los hombres, muy bien: será ingenua, cobarde o hipócrita. Tengo amigas que encajarían a la perfección en los tres supuestos. Hasta que, el día menos pensado, dejen a sus maridos calvos por cualquiera.

No tengo más remedio que admitirlo: yo también empiezo a convertirme en Eso. En lo que no deseaba convertirme. Se supone que estaba advertida de sobra. Lo había visto en libros, en películas, en vecinos. Pero a mí no podía ocurrirme. Y sí: estoy empezando a confundir la belleza con la juventud.

# Mario

... pero la cosa es arrancar, ¿no?, como hacíamos con Pedro, después, en fin, todo acelera solo, estás con los abuelos y no sabes por qué, te hemos mandado con ellos hasta que terminen las vacaciones, yo se supone que viajo, hablamos todos los días, trato de parecer contento, ¿te estoy engañando, hijo?, sí, te estoy engañando, ¿y hago bien?, yo qué sé, entonces pongamos que hago bien, ahora no podemos contarte lo que pasa, ¿qué es ahora?, si ni siquiera sé cuándo me estás escuchando.

Y al mismo tiempo tengo la duda, ¿entiendes?, te juro que daría la vida por, qué ironía, daría cualquier cosa por saber qué va a pasar con esta mentira, qué vas a pensar de mí cuando te enteres, ahí tendrás fotos mías, espero, y de vez en cuando las mirarás un poco, ¿no?, yo en cambio no tengo manera de verte, o sea, ¿serás un buen tipo?, ¿un canalla?, ¿o serás bueno a ratos y bastante hijo de puta, como todos nosotros?, y mira que trato, ¿eh?, trato de adivinar si vas a parecerte a mí, mucho no te lo deseo, la verdad, y por un lado me entra como la urgencia de que crezcas ya mismo, y por otro lado me asusta ver lo rápido que, digo, a ti también el tiempo te, bueno, y me paso horas inventándote una cara, una altura, la voz no, la voz no puedo, es curioso, los cuerpos me los imagino, las voces las recuerdo, y visualizo la espalda, la nariz, yo qué sé, la barba, ¿tienes barba?, no lo puedo creer.

Yo contigo, digamos, he tenido buenas intenciones y pocas iniciativas, me engañaba creyendo que esperaba, que te estaba esperando, hace varios veranos, por ejemplo, que me venías pidiendo hacer algún transporte con el tío Juanjo, él se ofreció, él me lo decía, pero tu madre y yo nunca estábamos seguros, nos parecía peligroso, o poco apropiado para tu edad, o no sé qué carajo, ya habrá tiempo, decíamos, creíamos que sobraba, y de repente, o no tan de repente, ya no había, por eso tuve que hacerlo así, tan rápido, tenía que fabricarte ese recuerdo, mamá al principio no quería, discutimos bastante, yo me sentía mejor, ¿y te acuerdas de mis viajes?, esos que se supone que hacía para la agencia, bueno, me quedaba unos días con los tíos, hasta que se me pasaban un poco los efectos, después volvía a casa y hacía lo que podía, tu madre ni te cuento, espera, que entra alguien.

Cuando dejé el veneno hubo un, una especie de espejismo, tenía mañanas eufóricas, me levantaba y pensaba: estoy curado, hasta que al día siguiente volvía a la realidad, iba alternando alivios y bajones, y en una de esas treguas le pregunté al tío Juanjo qué encargos tenía, ¿estás seguro?, me decía él, ¿estás seguro?, entonces te propuse que fuéramos juntos, eso era lo primero, ¿eh?, y de paso, por qué no, así entraba algún dinero, pagar, pagaban bien, y yo, estarás de acuerdo, hijo, pensaba en lo poco que nos queda en el banco, en que la casa no está pagada, en que hay que cambiar el coche, esas cosas, también era mi deber, ¿no te parece?, tu deber es cuidarte, me contestaba tu madre, pero este verano era distinto, yo apenas había tenido náuseas, tú acababas de cumplir años, la fecha de entrega parecía razonable, se nota que en vacaciones no hay tantos transportistas a los que presionar, usureros de mierda, la ruta más o menos la conocía, alguna vez la había hecho con el abuelo, él empezó con los camiones, y después siguió el tío Juanjo, bah, se supone que yo, ese sería otro tema, el abuelo quería que yo fuera, ¿me entiendes?, me había hasta enseñado a mover remolques, desmontar motores, calcular presupuestos, yo no sé para qué carajo les enseñamos a nuestros hijos a comportarse como nosotros, si ya sabemos que no somos felices, te juro que a veces cuando lo pienso me.

Ayer no me sentía muy bien, traté de dormir un rato, después vino mamá, he pasado mala noche, bah, hemos, últimamente pienso mucho en cuando nos conocimos, me impresiona imaginar que pudimos tener otra vida diferente, una vida sin el otro, en cuanto le anuncié al abuelo que dejaba la empresa, lo primero que hice fue entrar en la facultad, y qué disgusto le di, ¿eh?, mi padre era uno de esos hombres que cortan el queso de un solo golpe, ¿entiendes?, ahí conocí a mamá, al principio no me hacía mucho caso, ella, cómo decirte, era más de fijarse en niños bien, eso ella me lo niega, en esta parte de la historia nunca estamos de acuerdo, después por suerte empezaron a interesarle los malos alumnos, yo la tenía fichada desde el primer día, mucho antes de que nos pusiéramos de novios, ¿se sigue diciendo así, *ponerse de novios*?, de pronto me suena anticuado, ella sacaba un diez en todo, ya la conoces, en caso de catástrofe un ocho, yo aprobaba raspando, de ir a clase ni hablemos, en cuanto me enteré de que tu madre escribía cuentos corrí a documentarme, para eso sí que estudiaba, querido, trabajo de campo lo llaman.

Bueno, y así anduvimos, yo le decía medio en broma: soy tu premio consuelo, a ella le molestaba, pero creo que un poco era verdad, su familia también lo pensó siempre, a mí me daba igual, nos veíamos todos los días, nos prestábamos libros, comprábamos discos a medias, estudiábamos juntos, bueno, eso no tanto, salíamos de acampada, todo, hasta que en la mitad de la carrera sentí una especie de, no sé, como de encierro, al final decidí tomarme un año para viajar, iba por ahí con una mochila, paraba en cualquier lado, el dinero lo sacaba de donde podía, hacía algún trabajito, lo pedía prestado, o lo, en fin, hasta leí más libros, te diría, en pensiones, en parques, en furgo, no, todavía tengo, sí, sí, gracias.

En verano volví, y tu madre me propuso que viviéramos juntos, ¿qué te parece?, irnos a vivir juntos o no vernos nunca más, eso me dijo, yo me quedé de piedra, habíamos hablado mil veces por teléfono, nos habíamos escrito un montón de cartas, pero, no sé, yo creo que ese año ella también probó otra vida, y a otros hombres, ella dice que no, y nos fuimos los dos, a vivir juntos, digo, y mamá terminó la carrera, y nunca pidió esa beca de investigación, a mí me pareció perfecto, la verdad, yo prefería que aprobara las oposiciones, ahora en cambio, no sé, por esa época, más o menos, ella dejó de escribir, mientras tanto yo algo tenía que hacer, claro, volver a estudiar ni loco, tampoco iba a esperar a que mis suegros me dieran limosna, en fin, me puse a buscar cosas que tuvieran que ver con los viajes, hice esto, lo otro y al final entré en la agencia, yo estaba acostumbrado a moverme, no a tratar con turistas, un turista, digamos, es alguien que te paga para evitar moverse, al principio me lo planteé como algo provisional, era cómodo, quedaba cerca de casa, conseguir algo mejor tampoco era tan fácil, ¿no?, y fui quedándome ahí, me fui quedando quieto, y los años se pusieron a correr como locos, mis padres se murieron, uno detrás del otro, fíjate, como si hubieran hecho un pacto, la abuela siempre quiso tener nietos, ¿cómo describírtela?, mi madre caminaba mirándose los pies, cuanto más le gritaban en casa más se pintaba las uñas, y el tío Juanjo se hizo cargo de la empresa, siempre andaba diciéndome: ¿por qué no vienes conmigo?, ¿no ves que a ti la carretera te gusta?, pero tú acababas de nacer, Lito, y empezó a pasarme algo raro, empecé a tener miedo de la carretera, y cada vez que...

Lito

Llegamos a Veracruz de los Aros y entonces vuelve a pasar. El cielo se nubla. Así. De golpe. Al principio creí que era casualidad. No. Para nada. He hecho un montón de pruebas. Y se cumple. Si me concentro mucho, el clima cambia. No sé bien si el poder es cosa mía o de Pedro. Pero pasar, pasa. A lo mejor por eso el camión se llama así. ¿No era San Pedro el que iba por ahí con las llaves del cielo? Me preocupaba que papá se riera de mí y todo eso. Lo conozco muy bien. Menos mal que ahora me toma muchísimo más en serio. Es lo bueno de tener diez años y compartir camión. Así que le expliqué mi descubrimiento. Y papá hizo la prueba. Y vio que era verdad.

Depende del estado de ánimo. Si todo va bien, tenemos sol. Cuando empiezo a aburrirme, se nubla un poco. Si me pongo ansioso, hay viento. Si me enfado y lloro, llueve. El otro día, por ejemplo, papá se puso furioso porque asomé los brazos por la ventanilla. Me da miedo que papá me grite así. Y esa noche hubo relámpagos. Hay que tener paciencia, claro. No va a cambiar el cielo en cuanto yo lo piense. Es como dice papá: Hay que conducir mucho para moverse un poco. Pero si insisto, llega. Igual que la hora de comer.

Tecleo en el teléfono de papá:

*hla ma k tal? x aki supr b! oy ems tado n mxos lgars gnials n t preoqps q pa n va rpido cn l kmion :-) mxos bss tq*

Mamá contesta:

*Mi precioso, mil gracias por el mensajito. Mamá está bien pero te echa un montón de menos. Ten cuidado cuando subas y bajes de Pedro. Hoy he ido a la piscina. Eres mi sol, besitos a papi.*

Mamá no sabe usar el teléfono, me río. ¿Cómo que no?, dice papá. Si lo usa todos los días. Y lo tiene desde antes de que tú nacieras, artrópodo gruñón. Bueno, contesto, pero no sabe. Siempre manda mensajes con veinte o treinta letras de más. Así le sale más caro. Y desperdicia como cien letras. En algunas cosas, dice papá, no hace falta ahorrar. Y tú, sigo yo, tampoco sabes usarlo. Ah, caramba, disculpe, dice él, ¿por? A ver, le digo, ¿en qué parte del menú están los juegos? Eso es trampa, protesta él. Pregúntame por algo que me interese usar. Está bien, está bien, contesto. ¿Cómo se hace una copia de tu lista de contactos? Él se queda callado. ¿Ves?, digo. Después levanto los brazos y suelto aliento como si acabase de meter un gol. ¡Artrópodo!, dice papá.

Paramos otra vez en una estación de servicio. Papá quiere que haga pis a cada rato. Como si fuera un niño de ocho años o nueve. Dice que no es bueno aguantárselo. Que conviene mear desde el principio. Y yo, como bebemos tanta coca-cola, al final algo meo. Bajamos. El sol no me deja ver bien. Papá lleva gafas oscuras. Me señala unas puertas de metal. Arrugo la nariz para mirarlas. El que llegue último al baño, grito, le limpia los cristales a Pedro. Papá sonríe y dice que no con la cabeza. Tienes miedo de que te gane, ¿eh?, pruebo. Tengo miedo de que con el esfuerzo te mees por el camino, contesta él. ¡Miedoso, miedoso!, lo acuso. ¡Oso, oso!, se burla él. No seas malo, protesto. Y tú no seas tan competitivo, dice él. Dejo de caminar. Levanto la cabeza. Me pongo una mano sobre las cejas y le pido: Por favor, por favor, por favor. Papá se queda quieto. Suspira. Mira al frente. Se agarra la cintura. Vuelve a suspirar. Cuenta tú, dice en voz baja. Grito: ¡Uno, dos! Después lo único que escucho es el ruido de las suelas de mis zapatillas.

Toco la puerta de los baños. Yo. Primero. Al principio pienso que a lo mejor papá me ha dejado ganar. Eso siempre me da rabia. Esta vez es diferente. Porque sí ha corrido y está todo agitado. Es verdad que el año pasado papá tuvo el virus ese. Y todavía no está como antes. Él dice que sí. Yo sé que no. Pero ahora tiene menos barriga. Así que debería ser más rápido que cuando estaba gordo. No sé. Ganarle, le he ganado. Este verano está siendo increíble. En cuanto empiece el cole voy a buscar al idiota de Martín Alonso, que siempre me gana corriendo. Salgo del baño. Papá no. Últimamente tarda bastante. Y cuando yo tardo un poco, encima se queja. Aunque claro. Con lo que le sale tampoco me extraña. Papá caga mucho y duro. Me he fijado. Por fin aparece. Tiene la cara y la camisa mojadas. Buena idea. Yo también quiero.

Cruzamos Sierra Juárez. Papá no encuentra la radio que le gusta. Así que me deja elegir la música. Estoy contento y la temperatura sube. Eso prueba otra vez los poderes de Pedro. Lo he pensado bien y me he dado cuenta de que es él. Mejor dicho, somos los dos. Hace falta que el camión se mueva y yo esté dentro para que la cosa funcione. Papá mira el mapa todo el tiempo. ¿Vas bien?, pregunta. Genial, contesto. Ya tendríamos que estar en Fuentevaca, dice él. Pedro está cansado y va más lento, me río. A papá no le hace gracia. Sus chistes son peores. Enciendo el teléfono para jugar un rato. Elijo el golf. Todavía no entiendo bien las reglas. Pero cada vez hago más puntos. Lito, dice papá, esta noche mejor dormimos en un hostal, ¿sabes? Me parece que hay uno por aquí cerca. Tenemos que ducharnos. Y descansar bien. Porque mañana (la pelotita hace un efecto rarísimo, se agranda, vuela hasta arriba del todo como si atravesara la pantalla, desaparece, el contador de metros sigue subiendo, los árboles se doblan un poco a la derecha, el viento de costado complica la jugada, la pelotita vuelve, se hace pequeña, cae a cámara lenta, rebota una, dos, tres veces, avanza cada vez más despacio, ¿cómo será jugar en la sierra?, ¿existirá el golf de montaña?, la pelotita pisa el green, se acerca, ya asoma el banderín, ¡pero qué golpe, señoras y señores!, se mueve un par de metros más, no, creo que no va a llegar), eh, hijo, eh, ¿me estás escuchando o no? Sí, sí, contesto.

El hostal está lleno de cosas usadas. Al fondo del pasillo hay olor a pescado. Al tipo de la recepción le faltan dientes. Va con media camisa desabrochada. Tiene el pecho todo quemado. Y cara de matón. Papá le da dinero. El matón nos da la llave. No es una tarjeta. Es una llave con llavero y todo. Un llavero redondo y pesado. Como una pelota de golf. ¿Hay internet?, pregunto. Al matón se le ponen más rojas las encías. ¿A ti qué te parece, niño?, me contesta. Vamos, hijo, vamos, me acaricia papá. El comedor queda al fondo, dice el matón. Sí. Al fondo. Donde se están pudriendo los pescados.

Hago bolas de miga de pan. Las amaso bien sobre el mantel. Las golpeo con el dedo del medio. Y trato de embocarlas entre la jarra de agua y la cesta del pan. Las bolas resbalan rápido porque el mantel es de goma. Ya llevo nueve goles y seis errores. Se puede mejorar. ¿No está buena la sopa?, dice papá. Me lo pregunta con cara triste. Así que le miento. Papá se alegra un poco. Me meto otra cucharada en la boca. Esta sopa tendrían que usarla como arma en una guerra química. Podrían lanzarla con tubos desde unas avionetas. Y todo el mundo se quedaría muerto. Tiro dos bolas más. Una va dentro y otra va fuera. Me juego una tercera para desempatar. Buen tiro. Papá se pone una pastilla blanca en la punta de la lengua. Después sonríe. En la sierra, me explica, me mareé un poco, esa carretera tiene demasiadas curvas. Ayer lo vi tragarse una pastilla igual. Y no hubo tantas curvas como hoy. Miro al hombre de la mesa de enfrente. Como la lámpara del comedor está lejos, parece que tuviera sólo media cara. A lo mejor le falta la otra media. Si se ha tomado toda la sopa puede habérsele desintegrado. De pronto el hombre con media cara se da cuenta de que lo estoy mirando. Y me clava los ojos. Pero la cara no la mueve. Ni un centímetro.

En el techo de la habitación hay un ventilador oxidado. Me preocupa un poco ese ventilador. Va y viene. Vibra mucho. Y está más de mi lado. Le pido a papá que me cambie de cama. Papá dice que no. Después me hace cosquillas y cambiamos. Enciendo el televisor. Es muy pequeño. Hago zapping. En un canal está Stallone retorciéndole el brazo a un gordo enorme. La conozco. Es buenísima. En otro canal está el presidente con un montón de micrófonos. En otro la policía tira gases. En otro aparecen mujeres desnudas. Papá me dice que cambie de canal. En otro hay un partido de fútbol de no sé dónde. Los nombres de los jugadores son muy raros. En otro hay una patinadora rebotando contra el hielo en cámara lenta. Él apaga la luz. Todavía no tengo sueño. Pregunto si puedo seguir viendo un rato más la tele. Él contesta que sin sonido sí. Yo le digo que sin sonido la tele no tiene gracia. Él me dice que con sonido tampoco. Después bosteza fuerte. Y se toma una pastilla para dormir. Apago la tele. Papá dice: Buenas noches, quelonio velocista. ¿Hoy no era un artrópodo?, pregunto. Eso era ayer, contesta él, ya son más de las doce.

Elena

Iba a decir que me vuelve loca. Pero, además de cursi, no sería exacto. Más bien es como si, con el pretexto de Ezequiel, por medio de su cuerpo, yo me hubiera permitido la locura. Su cuerpo saludable, joven. Alejado de la muerte.

Me desprecio al escribirlo, pero a veces el cuerpo de Mario me da asco. Tocarlo me cuesta tanto como le cuesta a él mirarse en el espejo. Su piel reseca. Su silueta huesuda. Sus músculos blandos. Su calvicie repentina. Yo estaba preparada para que envejeciéramos juntos, no para esto. No para dormir con un hombre de mi generación y despertar junto a un anciano prematuro. Al que sigo queriendo. Al que ya no deseo.

Sé que lo que estoy haciendo es miserable. Supongo que voy a sentir unos remordimientos extremos. Muy bien: todo es extremo. Porque ahora, esta noche, lo único que he sentido es un placer bestial, imperdonable. Y mañana no sé. Y pasado mañana estaré muerta.

El poder de Ezequiel no se entiende al contemplarlo sin ropa. Hay que conocerlo en movimiento. Gesticulando, acercándose, asaltando. Su físico refuta el platonismo. Es atrevido, no musculoso. Intenso, no atlético. Lo irresistible es su convicción. Que me empuja a ignorar mis propios defectos. Eso es fundamental en la cama con un hombre. No lo que yo vea en su cuerpo: lo que él logre que yo vea en el mío. Con Ezequiel me adoro. Y me concentro en los actos. Y todos esos actos son, *Dios mío*.

Recuerdo que al principio, cuando éramos muy jóvenes, Mario me intimidaba. Su robustez. Su armonía. Jamás había tenido enfrente un desnudo tan bello. Pero, en la cama, no lograba entregarme del todo. No encontraba el desorden. Era como abrazarme al cofre del tesoro y ser incapaz de abrirlo. Yo tenía la esperanza de que, viviendo juntos, mis sensaciones mejorarían. Y mejoraron, aunque no demasiado. Ahora pienso que, como su físico me parecía más admirable que el mío, en el fondo nunca dejé de escabullirme, seleccionar mis perfiles, posar en parte. Con Ezequiel me doy permiso para ser común. Vulgar. Fea. Excitantemente fea.

Necesito tocarme. O voy a seguir dando rodeos, sin llegar al punto.


Ahora. Bien. El punto.

Lo de Ezequiel no encaja en las categorías previstas en la industria del porno. Lo suyo es algo distinto. A él le gustan los granos. Los talones sucios. Los movimientos de la celulitis. Los pelos en todas partes. Como esos que se encarnan en las ingles, parecidos a cabezas de alfileres. Hasta los pedos, le gustan. Es algo extraordinario. Todo lo que se pueda oler, sorber, apretar o morder intensamente, a él le parece digno de la mayor admiración. Me mastica las axilas. Me lame las piernas sin depilar. Me chupa los pies con heridas de las sandalias. Respira en mi ano. Se frota la verga con las asperezas de mis codos. Eyacula en mis estrías. Dice que todo eso, la abundancia de mis imperfecciones, proviene de la salud.

Hoy, en su casa, me explicó que cada día ve tantos cuerpos secándose, perdiendo brillo, degradándose poro a poro, que ha terminado por excitarse con lo más vivo, con todo lo que rebosa del cuerpo con entusiasmo. Que para él la belleza era eso.

Mientras hablábamos me puse en pie, desnuda, frente al espejo del armario. Ezequiel, un poco sudoroso todavía, seguía acostado con las manos por detrás de la nuca. Tenía los pies en cruz y me miraba mientras yo me miraba. Repasé los detalles que más odio de mi cuerpo. La orientación asimétrica de los pezones. La cicatriz de la cesárea. Esa flacidez en la cara interna de los muslos. Ese odioso bultito encima de las rodillas. Las pantorrillas demasiado anchas. Los callos perennes en los dedos meñiques. Después me observé de perfil. Me fijé en los pliegues del vientre. En la atenuación de las nalgas, como si les hubieran absorbido la musculatura a los costados. En la pérdida de redondez de los pechos, cada vez más largos y huecos. Tetas de calcetín, las llamábamos con mi hermana cuando nos burlábamos de las señoras mayores. Me vi bastante horrible. Y esta vez no me importó.

Le confesé a Ezequiel que, desde hace un par de años, tiendo a mirarme demasiado en el espejo. Que he vuelto a prestarle tanta atención como cuando era adolescente. Que con frecuencia me sorprendo examinando mi desnudo, evaluando si podría seguir considerándose deseable. Le pregunté si creía que hacía mal. Él me respondió que al contrario. Que hay que mirarse todos los días. Y comprobar cómo vamos declinando, cómo perdemos formas, cómo nuestra piel se va volviendo áspera. Que sólo así podemos comprender y aceptar el paso del tiempo.

A mí me pareció que su respuesta era más bien desagradable. Y nada seductora. Y que en el fondo, haciéndose el científico, estaba llamándome vieja. Me ofendí. Lo insulté. Me excité. Después me insultó él. Después me penetró contra el espejo del armario. Después lloré. Después le di las gracias.

Llevaba todo el día angustiada porque Mario no atendía el teléfono. Al final me ha devuelto la llamada. Han parado en Comala de la Vega y ahora van camino de Región. Lito dice que ha aprendido a adivinar el número de habitantes. Y que me echa de menos. Y que quiere un reloj Valentino no sé qué. Mario dice que se encuentra perfecto, sólo un poco cansado. Me habló en ese tono de serenidad forzada que pone cuando no tiene ganas de que le haga preguntas. Quise saber si había vomitado y se hizo el sorprendido. No soy Lito, le recordé molesta, ni tampoco soy estúpida. Entonces él me respondió que dos veces. Y cambió de tema. Me saca de quicio que Mario adopte esa actitud de control. Como si la enfermedad dependiera de nuestro grado de calma. Mario es un valiente, repiten sus hermanos como loros. Si fuera tan valiente, lloraría conmigo cada vez que hablamos.

En un momento de la llamada, Mario me preguntó qué tal estaba yo. Y en qué, añadió textualmente, me estaba entreteniendo. Era una pregunta inocente. Creo. Me quedé bloqueada. Se me hizo un nudo en la garganta. Y tuve que fingir que perdía cobertura.


«Se niega a aceptar gran parte del horror», asiento en una novela de Helen Garner, «pero ese horror no desaparece», de hecho el trabajo del horror es el contrario: reaparecer. «Así que otro tiene que vivirlo»: al evitar el tema de su muerte, Mario me lo traslada, me mata un poco a mí. «La muerte no debe negarse. Intentarlo es vano.» Y la alimenta. «Hace que la locura choque con el alma.» Como un camión contra otro. «Agota la virtud.» La deja estéril. «Y convierte el amor en una farsa.» Y ya no queda un solo abrazo limpio. Aquí enfermamos todos.

Lito me envía un correo precioso desde Salto Grande. Con sus frases sin comas, su ortografía rara. Lo echo de menos como nunca en mi vida, de una manera más parecida al dolor físico que a la ternura. Me siento saqueada por dentro. Como si todas esas energías que suelo poner en él, en mi adorable y revoltoso hijo, se hubieran extinguido por falta de destinatario. La gente sin hijos cree que los niños te sorben hasta la última gota (lo cual, doy fe, es cierto) pero ignora que esas fuerzas nuestras, que los hijos consumen como una cantimplora, son las mismas que antes les robamos a ellos. Se parece a un circuito de doble entrada. Sin Lito trabajo menos pero me canso más. Lo único que conecta mis baterías es el sexo con Ezequiel.

¿«Circuito de doble entrada»? ¿«Conecta mis baterías»? De pronto estoy hablando como Mario. Parece que el lenguaje se vengara de mí.

Criar a un niño y cuidar a un enfermo tienen eso en común: ambas tareas te demandan una energía que en realidad no es tuya. Te la infunden ellos mismos, su ansioso amor, su miedo expectante. Y la reclaman de ti como olfateando carne fresca. A veces tengo la sensación de que la maternidad es un agujero negro. Nunca basta lo que introduces ni sabes adónde va a parar. Otras veces, en cambio, me siento una vampira que se alimenta de su propio hijo. Que consume su entusiasmo para seguir creyendo en la vida.

Pero un hijo es también una alcancía. Por muy interesado que pueda sonar, una deposita en él su tiempo, sus sacrificios, sus esperanzas, confiando en que en el futuro produzcan gratitud. Discutí sobre esto con mi hermana, que volvió a llamar ayer. Me preguntó por Mario y me dijo que estaba buscando vuelos. Yo le dije que no se preocupara, que sé cuánto trabajo tiene en esta época del año. Me muero por que venga. Como de costumbre, terminamos hablando de nuestras respectivas familias. De nosotras dos no hablamos. Le dije literalmente que un hijo era una inversión. Ella me respondió que le parecía una idea horrible. Que la maternidad no podía entenderse en términos económicos. Y que no se me ocurriera decirle semejante cosa a Lito. Tampoco tendría nada de malo. Los hijos también especulan con su amor, viven haciendo cuentas de andar por casa: si me porto bien hoy, gano tal cosa; si me porto peor, me descuentan tal otra; si soy cariñoso con papi, tendré crédito por unos días; si soy cariñoso con mami, los dos podremos negociar con él. Somos así.

Día tras día una pone lo mejor que tiene (y lo peor) en su hijo. Y mientras tanto se pregunta: ¿Lo notará? ¿Le quedará? ¿Le hará algún bien? Y también, porque una no es ninguna santa: ¿Sabrá reconocérmelo? ¿Me lo agradecerá? ¿Querrá cuidar de mí?


Me pregunto si, quizá sin darnos cuenta, vamos buscando los libros que necesitamos leer. O si los propios libros, que son seres inteligentes, detectan a sus lectores y se hacen notar. En el fondo todo libro es el *I Ching*. Vas, lo abres y ahí está, ahí estás.

En una novela de Mario Levrero, me sobresalto al reconocer una idea familiar. La coincidencia de nombres entre el autor y mi marido impacta con más fuerza en mi memoria. El personaje está tendido junto a su amante. Percibe que ella no desea hacer el amor con él. Así que se limita a quedarse acostado de espaldas y tomarle la mano. Ella suspira de alivio. Y apoya la cabeza en su pecho. Entonces los dos tienen un instante de comunión absoluta, más allá de lo sexual o quizá posterior a lo sexual: «Podría ser más gráfico diciendo que esa noche tuvimos un hijo, no de la carne sino de la renuncia de la carne. Y a veces me estremezco pensando en que este ser puede estar todavía vivo, en su mundo, y quién sabe en qué asuntos. Sin embargo, intuyo que fue un ser efímero».

Recuerdo cuando Mario no quería tener hijos, o no estaba seguro de querer. Estábamos empezando y creíamos que nuestra soledad bastaba para llenar la casa. Nos pasábamos tardes enteras simplemente abrazados o tomados de la mano, mirando por la ventana. Cuando hablábamos del asunto, Mario me decía que nuestro hijo éramos nosotros. Que nosotros nos cuidábamos, nos criábamos. Sentíamos que habíamos creado algo anexo a nosotros dos. Esa especie de criatura que éramos ambos cuando estábamos juntos.

Al final fuimos tres. La casa se pobló. Y también algo, no sé qué exactamente, se desalojó entre nosotros. Y pronto nuestro hijo será huérfano. Y nuestro futuro parecerá un aborto.


A medida que ganamos confianza en la cama, Ezequiel se va revelando. Al principio eso me produjo un rechazo instintivo. Estuve a punto de prohibirle que volviera a tocarme. En su primer intento, discutimos a gritos. Falso: grité sola. Él mantuvo la calma. Ni siquiera se levantó mientras yo me vestía. Siguió hablándome despacio, con ese tono anestésico que tiene. Reclinado entre almohadas. Sonriente, desnudo. Con una ligera erección en diagonal.

Indignada, le pregunté si acaso le había parecido una sadomasoquista. Ezequiel se limitó a responderme: Si tuvieras mi trabajo, el sadomasoquismo te parecería lo más natural del mundo.

Superada la primera impresión, no pude evitar pensar en todo lo que me esperaba. En que tampoco tenía mucho que perder o, mejor dicho, en que ya no podía perder mucho más. Volví a sentirme como la primera noche que pasamos juntos, cuando Ezequiel elogió mi aplomo para sobrellevar la situación y me dijo: No puedo desviar los ojos de tus tetas ni de tu dignidad.

Accedí temerosa. Sólo por una vez. Apenas como prueba. Y con la promesa de que, en cuanto me sintiera incómoda, él pararía de inmediato. Eso hicimos. Eso me hizo.

Tardé poco en darme cuenta de que era exactamente lo que necesitaba. Recuperar mi cuerpo. Todo, no una parte. Un castigo integral. Un daño despertador.

Así que ahora estoy despertándome.

Él ansía golpearme y que yo lo golpee. De arriba abajo, de pies a cabeza. Me pide que lo penetre con toda clase de objetos domésticos. Cuanto más amenazantes parezcan, más lo entusiasman. Ezequiel me propone cosas que, hasta hace bien poco, me habrían parecido denunciables. Colecciona películas terribles que me excitan de una forma que más tarde me avergüenza. Idea masturbaciones que nos hacen sufrir juntos. Me hace pasar de la cosquilla al pánico, del jadeo a la súplica. Mientras nos revolcamos me dirige insultos que debieran repugnarme. Le interesa mi ano hasta unos extremos que me eran desconocidos. No me refiero al coito (eso ya lo probamos, con notable brusquedad, en nuestro segundo encuentro), sino a insospechadas exploraciones que comprometen los cinco sentidos. Digo cinco porque, además de mirar, tocar, morder y olerlo todo, Ezequiel, lo juro, oye la carne. Es algo que no había visto, ni por supuesto oído, nunca. Lo hace en cualquier parte de mi cuerpo. Pega la mejilla a la piel, pone la oreja así, como un ginecólogo atendiendo a las contracciones, y entrecierra los ojos. Y sonríe. No sé qué escuchará.

Dice la tradición que el sexo desemboca en la pequeña muerte. Ahora creo que quienes lo repiten no han sentido el placer del daño. Porque con Ezequiel me sucede lo opuesto: cada polvo provoca una resurrección. Nos agredimos. Nos ensañamos. Nos causamos mutuamente dolores para asegurarnos de que seguimos ahí. Y cada vez que confirmamos la presencia, el sufrimiento del otro, nos emocionamos igual que en un reencuentro. Entonces tengo unos orgasmos que me estiran los límites de la vida. Como si la vida fuese un músculo vaginal.

Quiero vengarme en carne propia.

El protagonista de una novela de Richard Ford observa en la cama a su amante. La percibe lejana o desilusionada. Subrayo su conjetura: «Quizá no sea extraño que, al ponerle límites a mi propio placer, pueda haber limitado también sus esperanzas».

Es verdad, el placer da esperanza. Quizá por eso tantos hombres nos dejan insatisfechas: su deseo no promete. Entran en la cama prevenidos. Como si se estuvieran yendo antes de haber llegado. Nosotras, aunque sólo sea por un momento, aunque no pretendamos nada más, tendemos a entregarnos por instinto o costumbre.

Eso es lo raro de Ezequiel. Que se da, se exprime, te exige. Y se nota que nunca espera nada.

Una suele dejarse ir y ni sabe por qué. Los hombres con los que te acuestas tampoco lo saben. En general se asombran o se acobardan. Como si, con la expansión de tu propio placer, les estuvieras pidiendo algo. Tampoco los culpo. Las mujeres somos una agonía. Quizá por eso sabemos cuidar a los enfermos: nos identificamos con su parte demandante. Quizá por eso mismo los hombres sean enfermeros tan torpes. La suciedad les da pánico porque los compromete. A nosotras parece que nos gustara mancharnos. De flujo, de sangre, de mierda, de lo que sea. Pobres nosotras, pobres ellos. Yo, si pudiera, elegiría ser un hombre. Y jamás me mancharía sin preguntar por qué.

Aún no he decidido si Ezequiel es un maestro del cinismo o un monstruo de la empatía. Cada noche, después de cenar juntos, hablamos de Mario. Me describe con infinita paciencia la evolución del mal, los problemas colaterales en los demás órganos, el estado general de sus defensas. Se esmera en resumirme los datos y busca ejemplos didácticos para asegurarse de que los comprendo. En esos momentos me cuesta sentirme infiel, porque parece que estuviéramos en una consulta a domicilio. Ezequiel se refiere con tanta delicadeza a los tratamientos paliativos, nombra a mi marido con tanto respeto, que empiezo a dudar de que considere ya no aberrante, sino siquiera verdaderamente inapropiada nuestra relación. Como si, para el minucioso doctor Escalante, velar por sus pacientes conllevase el deber carnal de atender a sus esposas.

Después de aclarar mis dudas médicas, él permite que me desahogue. Me observa llorar desde la distancia justa: ni demasiado cerca (para no invadirme) ni demasiado lejos (para no desampararme). En ese punto se abstiene de intervenir. Sólo me mira y, de vez en cuando, esboza una sonrisa. Diría incluso que hay cierto amor en ese silencio suyo. Un amor puede que enfermo, como impregnado de la materia con la que trata. Cuando se me acaba el llanto, me asalta la sensación de estar desabrigada. Entonces Ezequiel sí viene a protegerme, me da calor, me abraza, me besa el pelo, me susurra al oído, me acaricia, me aprieta, me mete la lengua en la boca, me desviste, me araña, se restriega contra mí, me rompe la ropa interior, me muerde entre las piernas, me inmoviliza los brazos, me penetra, me viola, me consuela.

Pienso en los orgasmos que estoy teniendo. No mejores o más largos. De otra naturaleza. Irradiados desde nuevos lugares. Estaba convencida de que nunca había experimentado nada semejante, hasta que hoy mismo acabo de recordar un posible antecedente: el polvo triste, quieto y emocionado que echamos con Mario el día que supimos lo que tenía. Casi el último, en realidad. Después apenas hemos querido o sabido hacer el amor entre tanta muerte. Aquella vez tuve un orgasmo anómalo. Como de otra mujer. Quizás ahí empezó todo esto. Aunque resulte abominable, además del dolor que compartíamos, me excitó imaginar que ese cuerpo que me penetraba y me hacía gozar estaba yéndose, era casi un fantasma.

Aquella noche hubo tormenta. Llovió de manera furiosa. Con bombardeo de truenos. Con temblor de árboles y cosas chocando. Lo escuchábamos todo desde el dormitorio mientras hacíamos el amor. En el instante final me sentí suspendida. Podía pensar con absoluta claridad. O más bien contemplaba las ideas que no había convocado. Mientras Mario empezaba a eyacular, alcancé a figurarme detenida en ese punto, fornicada para siempre. Sabiendo al mismo tiempo que, si fuera posible eternizarse así, nada tendría sentido. Ni siquiera el dolor, ni siquiera un orgasmo. Hubo un segundo ahí en que la tormenta me pareció alegre. Después los relámpagos me dieron mucho miedo.

Por no sentirme tan acomplejada ante los conocimientos científicos de Ezequiel, le he enumerado los distintos verbos que existen en español para nombrar un orgasmo. En Cuba, por ejemplo, le dicen *venirse*. Ese infinitivo me gusta porque sugiere un acercamiento a alguien. Es un verbo para dos. Y bastante unisex. En España le dicen *correrse*. Que supone más bien lo contrario. Despegarse al final, alejarse del otro. Es un infinitivo para machos. En Argentina le dicen *acabar*. Suena como una orden. Parece una maniobra militar. Tengo una amiga peruana que lo llama *llegar*. Dicho así, se vuelve casi una utopía (y muchas veces lo es). Como si estuvieras lejos o te hiciera falta más tiempo. Su marido dice *darla*. Interesante. Suena a ofrenda. O, siendo pesimista, a un favor que te hacen: ahí tienes. Siendo así, tampoco me extraña que mi amiga no llegue. En Guatemala se usa *irse*. Eso ya es un abandono declarado. Sólo les faltaría añadir: *después de pagar*. En otros países dicen *terminar*. Frustrante. Suena a que se abre la puerta, te interrumpen y te quedas a medias. En cambio aquí, quizá porque somos de frontera, le decimos *cruzar*.

¿Habrá lugares donde se nombre el orgasmo de las mujeres? ¿Donde se diga *me inundo, me diluyo, me desordeno, me irradio*?

Le pregunté a Ezequiel qué verbo prefería. Él contestó: Eso depende, profesora. Cuando estoy arriba, venirme. Si estoy abajo, llegar. Si te levanto en peso, acabar. Por detrás, correrme. Cuando me la chupas, terminar. Cuando la dejo afuera, irme. Depende.


Sin dormir. A las siete lo di por imposible y me levanté a ver cómo amanecía. Me pareció un amanecer demasiado repentino. En verano todo ocurre más rápido de lo que debiera.

Salí a la calle. Hacía calor. Esperé a que abrieran los comercios. De pie, frente a las puertas. Como una adicta. Compré de todo para pasado mañana. Pollo, pavo, ternera, queso no graso (para tener menos cargo de conciencia), yogures con pedacitos de fruta (Lito odia los naturales sin azúcar que me como yo), coca-cola (sin cafeína, por supuesto, que después no hay quien acueste al angelito), vino tinto del bueno, naranjas y pomelos, las legumbres de Mario (necesita mucho hierro), verduras de mí, dulces para todos. Después vi un conjunto transparente con liguero. Me lo voy a poner esta noche.

Llamo, llamo y no contestan. Cada vez que pasa esto, me imagino que él ya sabe todo y me castiga en silencio. Anoche soñé que Mario se encontraba a Ezequiel haciendo autostop en una carretera. Lo subía a su camión. Y los dos se iban juntos y me dejaban sola.

Lito no responde mis mensajes. Mario no me llama y Ezequiel tampoco. Me he tomado dos aspirinas y un antidepresivo. Y dos cafés cargados. No soy capaz de leer. Estoy caliente. Pienso mucho en tirarme por la ventana. Quiero que mi marido y mi hijo vuelvan ya mismo a casa y que no vuelvan. Quiero que esta casa vuelva a ser normal y nunca más voy a ser normal. No quiero ver más a Ezequiel. Quiero llamar a Ezequiel y pedirle que me la meta mal. Quiero que me lastime. Quiero que me quiera. No me importa lo que haga Ezequiel. Jamás me enamoraría de él. Ojalá se enamore de mí. Quiero tirarme por la ventana. Quiero lastimar. Algunas de estas cosas son ciertas.

Trabajar, trabajar. Es lo único que sé hacer. Hay que ser muy patética para odiar las vacaciones. Qué responsable eres, me dicen. Que se vayan a la mierda. Busco responsabilidades porque no puedo hacerme responsable de mí. A veces pienso que no merezco ser madre. A veces pienso que tuve un hijo para no tirarme por la ventana. A veces pienso que la enfermedad tenía que haberme tocado a mí. A veces pienso en que me la metan mal. Las que saben lo que quieren nunca quieren nada interesante.

Aleluya, han llamado, aleluya. Están bien. Todo bien. Estoy llorando. Lito come ensaladas. Mario me habló normal. No pasa nada. Mañana llegan. Ya mañana. Todo va a volver a su lugar. Voy a dejar la casa impecable. Les voy a preparar una cena increíble. Voy a leer un rato. Voy a mandarle un mensaje a Ezequiel.

Mensaje respondido. Todo en orden. En su casa, a las 10. Me gusta el 10. Es un número bonito. Parece un látigo apuntándole a un culo. Es nuestra última noche. La noche. El mundo es hermoso, horrible.

Mario

... pregunta que sólo se hacen en serio los niños, y después los enfermos nos la volvemos a hacer: ¿está bien mentir?, ¿está bien que nos mientan?, un adulto sano ni se la plantea, la respuesta le parece obvia, bueno, y es obvia, ¿no?, a decir mentiras se aprende como se aprende a hablar, nos enseñan a hablar y después a callarnos, yo qué sé, cuando juegas al fútbol, por ejemplo, primero tocas la pelota y después, salvo que seas imbécil, aprendes a no tocarla, a moverte engañando a los demás, los niños también mienten, por supuesto, yo de niño mentía muchísimo, pero hasta cierta edad, a eso me refiero, tiendes a pensar que está mal, ahí está la diferencia, no creo que los adultos seamos peores, ¿eh?, todo niño es el comienzo de un posible hijo de puta, eso lo tengo claro, simplemente los niños, quizá por culpa nuestra, empiezan dividiendo el mundo en bien y mal, en verdad y mentira, el único momento en que mentir está bien es cuando juegan, ahí sí que se puede, así que los niños se hacen adultos jugando, un poco al revés que los padres, que jugamos para volver a ser niños, bueno, y creces, y mientes y te mienten, y no está mal, hasta que un día, cuando estás enfermo, las mentiras te preocupan de nuevo, te preocupan cada vez que hablas con los médicos, con tu mujer, con tu familia, no es una cosa moral, es algo, no sé, físico, en el fondo te aterra la verdad, pero más todavía te aterra la idea de morirte engañado, las mentiras nos sirven para seguir viviendo, ¿no?, y cuando ya sabes que no vas a seguir, entonces te parece que dejan de ser útiles, ¿me explico?

¿Todo esto a qué venía?, ah, lo del clima, los calmantes me dejan medio lerdo, cuando empezaste con lo del clima me pareció gracioso, había que verte, mirabas muy fijo la carretera, hacías no sé qué en los cristales con un dedo, ponías caras, y al rato me contabas que el cielo había cambiado, al principio te seguí la corriente porque creí que estábamos jugando, después, no sé bien cuándo, empecé a ver que lo hacías en serio, y además estabas tan entusiasmado, a partir de ahí, te juro, hijo, me pasé todo el viaje dudando, ¿se lo digo o no?, bah, mejor no, pensaba, ya se va a dar cuenta solo, pero no sé si te sugestionabas, o era casualidad, o qué, porque siempre decías que acertabas, como entretenimiento me parecía divertido, como esperanza ya era triste, cuando vieras que no, que el tiempo iba a su antojo, que ni nosotros ni Pedro podíamos hacer nada para cambiarlo, ¿no te ibas a sentir, yo qué sé, muy poca cosa?, en fin, a lo mejor es una tontería y ya ni te acuerdas, pero hoy no quería dormirme sin contártelo.

Desde aquí, en cuanto abro los ojos, veo el cielo, como si fuera en avión, un avión muy lento, ¿y sabes qué me parece?, ¿el amanecer, digo?, una falta de respeto, eso me parece, yo de joven era noctámbulo, me encantaba hacer cosas mientras los demás dormían, me sentía impune, con los años te vas volviendo diurno, te entra la angustia de llegar tarde a las cosas, los noctámbulos creen que se adelantan a todo, y en cuanto se despiertan ya se les hace tarde, desde que estoy enfermo las mañanas me gustan menos, tienen, no sé, demasiadas expectativas, y el silencio de las noches me asusta, ahora prefiero las tardes, son menos exigentes, estoy mirando el atardecer y, fíjate, me entra la duda, ¿de dónde?, ¿de dónde carajo sale la belleza?, de las cosas no sale, eso seguro, miro la bandeja de la merienda, por ejemplo, una bandejita gris, de plástico, bastante usada, con ese borde en curva de las cosas que se fabrican para apilarlas, con marcas de cuchillos y tenedores, las rayas de los cuchillos, una al lado de la otra, parecen un electrocardiograma, las series de puntos de los tenedores, así, de cerca, son como huellas de dados, y de repente esta bandeja me resulta una co, perdón, tocan la puerta.

Por lo menos esta vez han pedido permiso para entrar, será una enfermera en prácticas, las enfermeras veteranas entran de golpe, como si la habitación fuera suya, últimamente estoy comiendo más, había perdido mucho peso, eso lo viste, al viaje me llevé unas pastillas para el apetito, funcionaron más o menos, es difícil volver a confiar en la comida después de vomitarla tantas veces, empieza a parecerte una cosa que no tiene nada que ver con tu organismo, una especie, no sé, de sustancia invasora, me llevé las pastillas del apetito y un par más, ninguna para curarme, todas para sentir menos, es raro lo de los fármacos, los que se supone que te curan te destruyen por dentro, y los que se supone que no curan te hacen sentir de nuevo una persona, o sea, ¿para curarse habrá que dejar de sentirse una persona?, a lo mejor por eso a muchos nos sale mal, porque no dejamos que el veneno entre del todo.

El día de la carrera en la estación de servicio llevaba todo el día con náuseas, me faltaba un poco el aire, a veces me pasa, no sé de qué carajo depende, el calor, la humedad, el cansancio, yo qué sé, y tú eres cada vez más rápido, te entrenas para todo, liebre cabezona, parece que tuvieras ruedas en el culo, en eso un poco has salido a tu abuelo, él siempre repetía que se puede perder pero luchando, y yo, por molestarlo, le decía: ¿y luchar para perder?, tú querías ganarme sí o sí, las piernas se te están poniendo largas, ¿y sabes qué es lo peor?, ¿lo más bochornoso de todo?, que cuando vi que me adelantabas me puse a correr en serio, por un momento me molestó que ganaras, después vi que no podía y frené, me encerré en las letrinas, esperé un rato ahí hasta que recuperé el aliento, cuando te insistía en parar a hacer pis, por ejemplo, no, nada, hola, nada.

Anoche con mamá estuvimos viendo una película, se trajo su portátil, buena idea, una comedia maravillosa con la Hepburn, ¿la conoces?, quiero decir, ¿todavía se sabe quién fue la Hepburn?, no parecía antigua, sigue siendo divertidísima y, ¿cómo era?, y perversa como la inteligencia, eso lo dijo tu madre anoche, así que no me felicites, yo cuando leo me distraigo, pienso en otras mil cosas, a lo mejor eso habla bien de los libros, yo qué sé, con el cine no me pasa, cuando me gusta una película, como que desaparezco, ¿entiendes?, al principio sentí que era un poco una frivolidad, o sea, en mi estado, reírme así, a carcajadas, pero enseguida me dejé llevar, y era mucho mejor que una droga, una especie de, hablando de eso, la pastilla.

En realidad, bueno, hubo otra razón para disfrutar la película, estar ahí, al lado de mamá, sin hablarnos, ¿porque qué nos vamos a decir?, riéndonos con los mismos gags, ahí, los dos vivos, sabiendo que nos queremos y nos hemos hecho daño, eso tiene de intenso el cine, ¿no?, uno se emociona al mismo tiempo que otros, los libros también se comparten, claro, tu madre siempre me lo dice, pero se disfrutan por turnos, no se leen a la vez, a lo mejor los libros son para gente sola, a mamá voy a dejarla sola, cada vez que nos reíamos juntos, ella me apretaba la mano.

¿Te acuerdas de cuando nos llamaba por teléfono?, a veces había poca cobertura, le decíamos que la llamábamos en la próxima parada y después nos olvidábamos, y la pobre insistía preocupadísima, yo te pasaba el teléfono a ti para que se enfadara menos, cuando te sientas en el camión es como si estuvieras viendo una película muy larga, ¿no?, mamá se ofendió, creo, al final hubo veces que no atendía el teléfono, yo la notaba tensa, le repetía que estábamos bien, no sé si me creía, tuve varios mareos, el más fuerte de todos a la ida, en Tucumancha, me dio hasta miedo de que se me fuera el volante, había muchas curvas, hacía años que no conducía tanto, era al principio del viaje y todavía me decía: yo puedo, puedo, tengo que poder, como tú con el clima, ¿no?, somos dos cabezones, cada vez más náuseas, y en ese tramo no había dónde parar, ahí me asusté en serio, ahí me di cuenta, y pensé que tu madre tenía razón, que el viaje había sido una locura, y me acordé del tío Juanjo, que me había aconsejado practicar un poco antes de salir, y me acordé del abuelo, que hacía media hora de ejercicio todas las mañanas, y de pronto pensé que yo era un padre irresponsable, creo que eso fue lo que más me mareó.

¿Y el ventilador?, ¿el que decías que iba a desatornillarse del techo y cortarnos la cabeza?, ahí paramos porque me perdí, hijo, qué desastre, volví atrás como tres o cuatro veces, ni siquiera entendía las instrucciones del navegador, las rutas no coincidían, habían cambiado, ese día tampoco estaba del todo bien, es curioso, en general a la ida me sentí peor que a la vuelta, esa noche me hacía falta una buena cama, bah, una cama por lo menos, qué colchones de mierda, ¿eh?, pero en lo que más pienso ahora, de lo que más me acuerdo, es de cuando dormíamos los dos juntos en el camión, así, de costado, medio incómodos, yo te apretaba el pecho, te sentía respirar y no pegaba ojo, me pasaba la noche entera eufórico, escuchando todos los ruidos...

Lito

En Comala de la Vega todas las casas son bajas y las antenas están torcidas. Seguro que cuando sopla el viento los televisores cambian de canal. Papá insistió en parar. Yo no tenía ganas de hacer pis. Creo que eso ha cambiado un poco el clima. Parecía que iba a llover. Y al final no ha caído ni una gota.

Papá ha inventado un juego. Cada vez que llegamos a un lugar tengo que adivinar cuántos habitantes tiene. Si más o menos acierto me deja pedir otro postre en vez de una ensalada. Anteayer acerté dos pueblos y fallé tres. Ayer acerté cuatro y fallé dos. Hoy vamos empatando dos a dos. En Comala de la Vega no creo que viva nadie. Las calles están quietas. Lo único que se mueve es Pedro. Todos los coches parecen muy viejos. Como si los hubieran dejado ahí hace mil años. Si se apagaran los semáforos no pasaría nada. ¿Quién enciende y apaga los semáforos? Tengo que preguntárselo a papá, que acaba de llamar a mamá. No me gusta que se ponga serio cuando habla con ella. Me da miedo que estén hablando de mí. Dejamos a Pedro debajo de unos árboles para que no se caliente. Papá sigue con el teléfono. Lo único que dice es sí sí, no no, ya sé ya sé.

Entramos en una cafetería que se llama La Plata. Increíble. Hay alguien dentro. Tres personas. Una señora barriendo entre las mesas. Un vendedor de lotería. Y el camarero. Papá pide dos cafés con leche y se va al baño. Yo voy detrás de él. El baño huele a un montón de cosas. Las paredes están todas escritas. Muchas palabras ni siquiera se entienden. En mi cole no los aprobarían por mala letra. Una de las frases dice: Vive y deja morir. No le veo sentido. También hay dibujados pitos y tetas. Eso sí tiene sentido. Pitos rectos y tetas redondas. De pronto oigo unos ruidos en los retretes de al lado. No sé si han sido gritos o las cañerías. Me quedo quieto un rato. Nada. Llamo a papá. Nadie contesta. No es que me asuste. Pero por si acaso salgo corriendo. Sin lavarme las manos.

Papá está hablando con el camarero. Cuando me ven salir los dos se callan. Pruebo el café con leche. Tiene gusto a tierra. La señora pasa barriendo y me dice: Ay, qué buen mozo. Papá dice: Tiene toda la razón, señora. El vendedor de lotería pregunta: ¿Seguro que no quiere un decimito, caballero? Papá contesta: Perdería. El vendedor dice: Eso nunca se sabe, caballero. Papá pregunta: ¿Cuánto le debo, jefe? La señora dice: Al niño lo invita la casa. Papá me mira: Lito, ¿no das las gracias? Yo digo: Muchas gracias, señora. La señora grita: Ay, qué cosa tan dulce. Dejo el café con leche por la mitad.

A la entrada de la cafetería hay un panel lleno de relojes. Grandes. Dorados. Con agujas. Con el nombre y el número del día. Y un botón especial para la luz. Todos de marca Lewis Valentino. Tiene que ser buena. Me quedo mirando los relojes. Nunca he tenido uno. Claro que antes tenía nueve años. De repente aparece un brazo de papá. Y salimos a la calle. Ha refrescado un poco. Papá, pregunto, ¿tú qué reloj tienes? Ya no uso, hijo, contesta él. Bueno, digo, ¿pero cuando usabas? No me acuerdo, dice él, me los regalaba tu madre. ¿Y tuviste algún Lewis Valentino?, insisto. Esos no los conozco, contesta él despeinándome el flequillo. Son buenísimos, le explico.

Papá me da un chicle. De frambuesa. Lo muerdo muy despacio. Con las muelas del fondo. Para que salga toda la fruta. Los he comprado en la cafetería, dice papá, también tenían otros de (en las lomas se ve, ¿cómo se dice?, ¿un rebaño?, ¿una bandada?, de molinos de viento. Ahí. Tan altos. Tan silenciosos. En realidad no sé si son silenciosos, porque están muy lejos. Los molinos de viento siempre están lejos. A lo mejor es porque en realidad son muy ruidosos. Como las hélices de los aviones. Si los arrancan del suelo seguro que flotan. ¿O para flotar hacen falta dos hélices? ¿Por eso los aviones tienen siempre dos alas? ¿O hay aviones con un ala sola? Me imagino a los molinos despegando de las lomas y perdiendo piezas, igual que esas plantitas blancas que cuando las soplas se), eh, Lito, eh, ¿lo quieres o no, entonces? ¿El qué?, digo dejando de mirar por la ventanilla. El paquete, hijo, el paquete, suspira papá. Ah, gracias, contesto. Qué ricos son los chicles de frambuesa. Oye, digo, ya sé cuántos habitantes tiene Comala de la Vega. ¿A ver?, pregunta papá. Tres, contesto. Él sonríe. Después consulta el mapa y anota algo. Bueno, dice papá, me parece que esta noche vamos a llegar un poco tarde.

Ya no quedan chicles. No entiendo a papá. A veces no tengo hambre y paramos a comer. Otras veces mi barriga hace más ruido que el motor de Pedro y seguimos viaje igual. Los chicles son unos traidores. Cuando más contento estás masticándolos, se van. Sólo te queda un plástico en la boca. Una goma de borrar. Con los viajes pasa al revés que con los chicles. Al principio no esperas nada. Y siempre encuentras algo.

Mamá escribe al teléfono de papá:

*Mi precioso cómo va todo por ahí? Estás contento? Mami ha hecho una tarta de chocolate estos días, así practico para cuando vuelvas! Papi conduce mucho? Por favor fíjate que descanse. Te adoro mi sol.*

Contesto:

*hla ma toi bn tol dia n krtra spro q pdro dsknse
d nxe! tu sbs d q mark eran ls rlogs d pa? xfa wardm
xoko mxos bss txamos d mnos*

Papá me mira de reojo mientras tecleo. ¿No prefieres llamarla?, dice, a mamá le gusta más escucharte. Ya lo sé, le explico, pero queda poca batería. Y todavía tengo que jugar al golf. ¿Al golf?, dice papá. ¿Estados Unidos o Europa?, pregunto. ¿Qué?, se sorprende él, ¿cómo? Sólo dime qué prefieres, insisto, ¿Estados Unidos o Europa? Ay, Lito, contesta papá, yo qué sé, ¿Europa? Muy bien, Europa, digo eligiendo el campeonato.

En Región sopla un viento rarísimo. Va y vuelve. Como un búmeran. Te empuja por la espalda. Sigue de largo unos metros. Y te llena la cara de tierra. ¿Aquí siempre es así el viento?, pregunto frotándome los ojos. Siempre, contesta papá, salvo a la hora de la siesta. A él se ve que el aire lo empuja más fuerte por delante. Da pasos cortos y camina despacio. Cruzamos la carretera hasta el edificio de enfrente. En la puerta hay un gordo rapado. Usa gafas de sol aunque es de noche. Va vestido con traje negro, camiseta a rayas y chanclas. Tiene los brazos enormes y la cabeza muy pequeña. Papá le habla al oído. Le mete algo en un bolsillo del traje. El gordo apenas mueve la cabeza. Si la agacha un poco más, seguro que se le cae como una bola de bolos.

Nos atiende una chica con un collar de caracolas y los labios pintados de verde. No. De verde no puede ser. ¿O sí? Las luces son fluorescentes. La chica me ve escondido detrás de papá y me sonríe. Tiene los dientes azules. En la recepción hay espejos rotos a propósito. Y flores de plástico metidas en copas de helado. La chica nos pide que no subamos las persianas de la habitación porque están atascadas. Además, dice guiñándonos un ojo, con el viento que hace mejor ni intentarlo. Después de guiñar el ojo, las pestañas de arriba se le despegan y se le quedan enredadas en las pestañas de abajo. Me gustaría avisarle pero me da vergüenza. Papá me dice al oído: Gorila a pilas, una noticia buena y otra mala. La buena es que hay internet. La mala es que no funciona.

Subimos a dejar las cosas en la habitación. La alfombra huele a cigarrillo. Tiene agujeros más grandes que mis pies. Se podría jugar al minigolf. Lito, dice papá mirando la alfombra, ni se te ocurra caminar descalzo. Y cuando te acuestes, primero quitas la colcha, ¿entendido? Encima de una silla veo dos toallas blancas. Bueno, más o menos blancas. Acerco la nariz. Por suerte huelen a jabón. Abro la puerta del baño. Sólo hay perchas de alambre y una caja fuerte. Qué habitación más rara. Papá sale al pasillo. Lo escucho hablando solo. ¡Será posible!, protesta, ¡le dije a la puta esa que con baño incluido! A mí la palabra *puta* me da un poco de risa. Me encanta que la diga papá. Cuando la digo con mis amigos no suena igual. Papá entra de nuevo. Recoge las toallas. Me dice: Por lo menos la ducha tiene agua caliente. Trae tu ropa, hijo. Y por favor te lo pido, no toques nada, ¿eh?

En el bar me zampo dos hamburguesas con queso. Un plato de patatas fritas con un montón de picante. Y una bola de helado cubierta de sirope. Papá deja su plato a medias. Dice que quiere adelgazar un poco más. Se toma una aspirina con un vaso de agua. Antes del virus comía mucho. Y le encantaban los restaurantes. ¿Qué?, me río con la boca llena de helado, ¿no te gustaba tu barriga? ¿Y tú, flacuchito?, se burla él, ¿vas a necesitar otra hamburguesa? No sé qué hora será. Si tuviera un Lewis Valentino lo sabría. Todavía no tengo ganas de irme a la cama. Viajar cansa pero me quita el sueño.

Papá se va de la mesa. Camina hasta la barra. Paga. Se queda mirándome. Muy fijo. Creo que en cuanto me termine el helado vamos a tener que subir a la habitación. Uf. Papá vuelve. Se acerca. Me levanta la cara con las dos manos. Y me propone quedarnos a tomar una copa. ¡Una copa! ¡Papá y yo! ¡En un bar! ¡De noche! No lo puedo creer. Esto sí que es lo máximo. Me levanto de la silla. Me limpio el sirope con una manga. Me pongo bien derecho. Y nos vamos los dos juntos a la barra. Papá se pide un whisky. Yo me pido una fanta. Con mucho, mucho hielo.

Empieza a llegar gente. La música está más alta. La chica de los labios verdes se pone a servir bebidas. Me fijo en sus pestañas. Ya las tiene bien. La saludo con una mano. Ella hace como que no me ve. Y eso que estoy sentado en una silla alta. Choco mi vaso con el de papá. Los hielos tiemblan y se hacen más pequeños. Me acuerdo de las balsas de *Titanic*. De Leonardo DiCaprio congelándose en el mar con la Kate no sé qué. ¿Wil? ¿Wing? Alguien me toca un brazo.

Me vuelvo. Es un señor con una gorra de béisbol. Mira a papá. Señala afuera y dice: Buen camión, ¿eh, maestro? Papá asiente. Nada como un Peterbilt, ¿eh, maestro?, dice el señor de la gorra. Papá se termina su vaso. ¿Usted es camionero?, pregunto. No, querido, contesta el señor de la gorra sonriendo, yo soy mago. ¿En serio?, me sorprendo, ¿sabe hacer magia? Magia no, dice él, yo hago realidad, la magia es realidad. ¿Pero hace magia o no?, insisto. Por supuesto, contesta, por supuesto. De pronto papá parece de mal humor. Yo estoy entusiasmado. Siempre he querido saber cómo se hacen los trucos. Si es que son trucos. A ver, digo, ¿cómo aparecen los conejos? Los conejos, contesta el mago, aparecen solos. No necesitan ayuda. Es la madre naturaleza, ¿entiendes? Y la gente, pregunto, ¿cómo se parte en dos? Ah, dice el mago dándole un sorbo a su copa, eso ya es más interesante. Solamente se parte la gente que desea ser partida. La otra no. La otra es truco. ¿Y el truco cómo es?, me impaciento. Mira, mira, dice el mago muy serio. Entonces busca una servilleta.

La dobla en dos. Me la muestra. Después vuelve a doblarla. Y me la muestra otra vez. ¿Te das cuenta?, pregunta. Miro la servilleta. Esta servilleta, dice, es muchas servilletas al mismo tiempo. Es una. Es dos. Es cuatro. Y la gente lo mismo. Papá dice: Vamos, hijo, es tarde. Espera, espera, le pido, que me está explicando un truco. Hijo, es tarde, repite papá. El mago lo mira a los ojos y le dice: Tranquilo, tranquilo. Parece que lo va a hipnotizar. Papá deja un billete en la barra. Me da la mano y se va sin esperar el cambio. Maestro, lo llama el mago. Papá sigue de largo. No estamos siendo educados. Momentito, maestro, repite el mago. Papá se frena y me aprieta fuerte la mano. Tengo un regalo para Lito, dice el mago adivinando mi nombre. No se moleste, contesta papá por mí. Insisto, dice el mago. Y se quita la gorra. Y me la pone. Las luces le rebotan en la frente. Como un árbol de Navidad. Esta gorra, me explica, te transforma. Es tuya. No lo olvides.

Antes de apagar la luz vuelvo a ponerme la gorra mágica. Quítate eso, por Dios, dice papá desde su cama, no seas tonto. Tengo que saber si es verdad, digo. Ese hombre, protesta él, estaba loco. Ya veremos, contesto apagando la luz.

Nos despertamos tarde. Lo primero que hago en cuanto me levanto es mirarme al espejo. Con mucha atención. No noto nada. Guardo la gorra en la mochila. Papá me da un beso. Nos vestimos rápido. Nos lavamos la cara en el pasillo. Bajamos a desayunar. En una de las mesas está el mago. Nos saluda con la cabeza. Tiene ojeras. A lo mejor nunca duerme. Me acerco y le digo: Estoy igual, ¿ves? El mago me mira de arriba abajo y contesta: No. No eres el mismo. Ya te vas a dar cuenta.

Los primeros kilómetros del día los hacemos callados. Papi, digo de pronto, ¿tú me ves diferente? ¡Por supuesto!, contesta él, te has convertido en un mapache golfista.

Elena

Amanece otra vez. No empieza nada.

Imposible dormirme. Será porque Mario y Lito por fin están en casa. O por mezclar pastillas. O porque ayer le anuncié a Ezequiel que no voy a verlo más.

Mientras escribo, Mario ronca desmesuradamente. Como si, al inspirar, buscase todas las fuerzas que le faltan. Hoy ese estruendo no me molesta. Así noto que está vivo.

Tiene ojeras, los rasgos muy marcados, poca barriga. Se le ve un color pálido que no parece venir de la falta de sol, sino de más adentro. Una especie de foco blanco bajo la piel. Ahí, entre las costillas.

Cuando Mario abrió la puerta, me asusté. No sé si realmente había vuelto tan desmejorado, o si yo esperaba encontrarme con un hombre corpulento que ya sólo existe en mi memoria. Él parecía de buen ánimo. Sonreía como antes. Tenía cara de misión cumplida. En cuanto lo besé me dieron ganas de llorar, irme corriendo. Necesité pasar rápido a Lito, apretarlo bien fuerte, concentrarme en sus mejillas suaves y sus manos blandas y su cuerpito ágil, para recuperar un poco la compostura.

Como tardaban en llegar y yo estaba cada vez más ansiosa, no había podido contener el impulso de llamar a Ezequiel. Fue en ese momento, casi al final de nuestra conversación, cuando le dije que no era posible continuar. Que estas semanas de soledad me habían alienado. Y que ahora debía volver a la rutina y a mis obligaciones familiares. Él me dio la razón en todo.

Me dijo que no esperaba menos de mí. Que mi decisión era la correcta. Que me comprendía de corazón. Y después, sin alterar el tono de voz, se puso a describir lo que iba a hacerme la próxima vez que fuese a su casa. Yo me indigné. Él se rió y siguió diciéndome barbaridades, yo me puse a insultarlo, y el propio furor de los insultos se me fue convirtiendo en ganas de pegarle, de humillarlo, de montarlo. Él se puso a gemir con la boca pegada al auricular, yo empecé a tocarme. Entonces escuché los ruidos en la cerradura.

Mientras recalentaba la comida, examiné el interior del horno y pensé en Sylvia Plath. Descorché el vino. Encendí unas velas. Durante la cena, empecé a sentirme mejor. Lito no paraba de contarme anécdotas del viaje, entusiasmadísimo. Mario asentía con un brillo en los ojos. Si la noche hubiera terminado en ese instante, si, yo qué sé, de pronto el techo se me hubiera caído en la cabeza, habría cerrado los ojos creyéndome feliz.

Antes del postre los tres hicimos un brindis, riéndonos como una familia normal, y Mario le sirvió a Lito media copa de vino. No pude evitar preguntarme si habría hecho lo mismo durante el viaje. No me atreví a decir nada. Bebimos. Bromeamos. Disfrutamos del postre. Acostamos a Lito. Nos sentamos los dos juntos. Nos tomamos de la mano. Y nos quedamos charlando hasta que empezó a filtrarse un resplandor por las cortinas. Entonces Mario pareció apagarse de golpe.

Ahora ronca. Yo lo miro.


Lo abanico, lo alimento, lo baño, lo escucho, trato de adivinar qué siente. Y ya no sé, no sé qué hacer.

Esas ráfagas de dolor a lo largo de su cuerpo. Sin localización concreta, itinerantes. Me vuelvo loca buscando qué le duele. Como si el daño fuera otra piel.

Ya no sale a la calle. Lito pregunta qué le pasa. Yo le explico que papá ha vuelto agotadísimo del viaje y tiene mucha gripe. No sé si me cree. Se queda pensativo. A veces me habla de una gorra.

Las pastillas no bastan. Ni para él ni para mí.


Mañana vienen mis cuñados. Ellos opinan mucho, sobre todo por teléfono. Pero venir aquí y mirar a los ojos a Mario, eso lo hacen menos. Apenas tocan a su hermano cuando lo visitan. Como si su cuerpo fuese radioactivo.

Lito se va a poner contento. Le encantan sus tíos. Con Juanjo hablan de coches y ven juntos películas de acción. Unos espantos de Stallone. La cultura cinéfila de Juanjo es así de peculiar. Lo único digno de atención que ha hecho Stallone es una porno, creo. Con su tío más joven se encierran a buscar música en internet. Se llevan veinte años pero tienen la misma edad mental. A su otro tío lo trata menos. Tiene cientos de hijos y los viste igual a todos.

Mario también se alegra, claro. Pero en él la alegría se ha vuelto turbia. Hay que excavar para notarla. Aparece de pronto, por debajo de sus miradas hostiles.

Juanjo se va a quedar unos días en casa. Con sus noches.

Yo hago camas, hago masajes, hago comidas, hago conjeturas. Cada vez que me quedo a solas, apago mi teléfono.


Dentro de pocas horas llegan los hermanos de Mario. Con ellos también llega lo demás. Me llega

Eso. Me está viniendo todo. De vez en cuando salgo del dormitorio para darme una ducha fría.

Acabo de conectar el teléfono.


No pude. Resistirme.

Y punto. Inútil justificarse.

Él estuvo comprensivo. Me dejó que le pegara. Después hablamos de cine.

Sólo me penetró al final, así, de golpe. Fue como curarse.

Localicé a una compañera que no me hizo preguntas. Aceptó llamar a casa a una determinada hora y, siguiendo mis instrucciones, preguntar por mí. Fingiendo algún quehacer, dejé que mis cuñados atendieran el teléfono. En cuanto me pasaron el auricular, tal como habíamos acordado, mi compañera colgó. Yo seguí hablando sola e inventé una reunión en su casa para preparar los exámenes. Me sorprendió su buena disposición. La hacía más modosita. Tiene tres hijos.

De eso hablamos, de cine. A Ezequiel no le gustan nada los clásicos. Se burla de mis gustos, los considera pedantes. Dice que cualquier bodrio en blanco y negro me parece una joya o el antecedente de algo. Que el cine actual no tiene esas coartadas. Que es bueno o malo. Y punto. Se me está pegando de él esa estúpida frase, *y punto*. Así enfoca la vida. Y el cine. Si los personajes sufren, le interesa. Si se divierten, se aburre.

Ezequiel me contó que acababa de ver una película con Kate Winslet. A él la Winslet lo pone fuera de sí. Dice que es lo más hermosa que puede ser una mujer corriente. O lo más flaca que puede ser una gorda. La Winslet tiene un amante que es eyaculador precoz (que es un hombre, en suma) y después de un polvo le recrimina: *It's not about you!* Algo así como: ¡No se trata sólo de ti! Ezequiel me explicó que al principio le había parecido una buena frase. Pero que después se había dado cuenta de que era mentira. Una demagogia seudofeminista, dijo. Yo me puse en guardia, traté de contradecirlo, pero él siguió hablando sin inmutarse. Dijo que el problema de un eyaculador precoz es exactamente el contrario. Que el pobre es incapaz de disfrutar. Que ni siquiera sabe cómo. Que de lo que se trata es de aprender a mejorar el placer propio. De hacerlo más complejo. Que sólo así los hombres pueden hacer gozar también a las mujeres. «Hace falta ser buenos en la cama por puro egoísmo. Un egoísmo útil.» Eso me dijo. «Y después los demás te lo agradecen. Como la medicina.»

Casi no se levanta, tiene náuseas, y cuando se levanta tiene más. Es como si caminase sobre el borde de una tapia. La voz le tiembla. Sigue perdiendo peso coma lo que coma. Le duelen los músculos, los huesos, las venas. No podemos mantener la historia de la gripe. Él todavía se empeña en fingir. Sonríe como un muñeco cada vez que Lito se le acerca, saca el termómetro, hace bromas que a mí me dan ganas de llorar. He llegado a pensar que engañar a su hijo le causa cierto alivio. En esas mentiras, él todavía no está gravemente enfermo.

Yo cambio sábanas, cocino, callo. Voy y vengo como una sonámbula. Pienso cosas que no quiero pensar.

Acabo de dejar a Lito en casa de mis padres. Se va a quedar con ellos hasta que empiecen las clases. Prefiero evitarle este recuerdo. Si se lo llevan al chalet de la playa, mejor todavía. Ahí la infancia siempre parecía fácil. Mi hermana dice que está buscando vuelos.

Juanjo vino para quedarse con Mario. Cada vez que le explicaba algún detalle sobre el cuidado de su hermano, él me ponía cara de saberlo de sobra. A Juanjo le gusta tener la última palabra. No por los argumentos, sino por el énfasis. Necesita imponer su carácter más que su punto de vista. Por eso mismo es un hombre fácil de complacer. Últimamente se lo ve muy servicial. Tengo la impresión de que, de pronto, se ha reconocido en su hermano mayor. Como si hubiera identificado su propio peligro.

A la hora de salir, Mario apareció impecablemente vestido. Hasta se había lustrado los zapatos. Estaba serio y se movía con dificultad, poniendo atención en cada paso. Nos acompañó al garaje. Yo corrí al coche para que Lito no me viera la cara. Por el retrovisor, espié cómo Mario se agachaba para abrazarlo y dejaba apoyada la cabeza sobre su hombro. Parecía que estaba tocando un instrumento.


Mis padres dicen que Lito está bien. Mis padres dicen que ellos están bien. Mis padres siempre han creído que las cosas dan menos miedo cuando están bien. A mí no. A mí, cuando las cosas van bien, me parece que están a punto de empeorar y me asusto más todavía.

Cuando hablé con papá, me repitió prácticamente lo mismo que me había dicho mamá. Es chocante que, después de una vida entera casados, sigan entendiéndose así. Cada uno, por su cuenta, se ha ofrecido a instalarse en casa. A los dos les he dicho que no, que prefiero que cuiden a Lito y lo aíslen de esto. Mamá me ha insistido en que no intente cargar con todo. Papá me ha aconsejado que no trate de parecer más fuerte de lo que soy, porque eso va a dañarme más. A veces no soporto que mis padres sean tan comprensivos. Me frustra no poder reprocharles gran cosa. Me educaron con paciencia, respeto y comunicación. Es decir, me han dejado a solas con mis propios traumas. Como si, cada vez que busco culpables, ellos respondieran desde mi cabeza: Nosotros no hemos sido.

Lito me contó que su abuelo todavía juega al fútbol. Me lo dijo sorprendido. Que no corre demasiado, que se cansa, pero tiene puntería y patea con las dos piernas. El abuelo no está tan viejo, dijo.


Ya no quedaba más remedio.

Dudé. Dudé semanas. Día y noche.

No queda más remedio ni más nada. Él necesita ayuda. Yo necesito ayuda.

Pero no la que vino. Porque vino.

Se presentó con toda naturalidad. Yo le había rogado que me aconsejara por teléfono. Pero él insistió en verlo en persona. Dijo que era su deber y su paciente. Y me anunció un horario. Y colgó. Y, a la hora en punto, sonó el timbre.

Cuando le abrí la puerta, sentí una especie de mareo. No nos habíamos visto desde la visita de mis cuñados. Lo miré de arriba abajo. Con su traje a medida. Venía con el pelo un poco húmedo. Ezequiel me saludó como si apenas nos conociéramos. Pronunció mi nombre de manera neutra. Me dio la mano. La mano. Y subió al dormitorio. Al dormitorio.

Se sentó junto a Mario. Le hizo algunas preguntas. Lo ayudó a desabotonarse la parte superior del pijama. Lo auscultó delicadamente. Le recorrió el pecho con un estetoscopio. Le tomó el pulso, la tensión, la temperatura. Mario parecía confiar en él a ciegas. El tacto con que lo trató, la cautela con que le habló, la suavidad con que lo tocó fueron admirables. Despreciables. Ezequiel susurraba, Mario asentía. Yo los miraba desde el umbral del dormitorio. Ninguno de los dos me dirigió la palabra.

Y algo más. Algo que me sitúa al nivel de las ratas. De las ratas conscientes, por lo menos. Mientras observaba cómo Ezequiel tocaba a mi marido en nuestra cama de matrimonio, cómo deslizaba las manos sobre sus hombros, sus omóplatos, su abdomen, de repente sentí celos. De los dos.

Al final de la visita, Ezequiel habló conmigo a solas. Me describió sobriamente, con su voz de doctor Escalante, el estado general de Mario. Aumentó la posología de un comprimido. Suprimió otro. Hizo un par de recomendaciones prácticas. Y emitió su opinión sobre el internamiento. Y tenía razón. Y le di la razón. Y bajó las escaleras. Y volvió a darme la mano. Y se fue de mi casa.

La roedora.


Así que así era. Esto era. Estar ahí.

Me sorprende lo rápido que, en un lugar destinado a romper todos nuestros hábitos, establecemos nuevas rutinas. No somos animales de costumbres: el animal es la costumbre misma. La que muerde a su presa sin soltarla.

Paso ahí todas las noches. Trato de que Mario descanse. Le doy agua. Lo arropo. Compruebo que su pecho sube y baja. Lo escucho respirar. Cuando se duerme, leo con una linterna. Me da miedo apagarla. Me parece que se va a terminar algo.

Después del almuerzo paso por casa, y vuelvo al hospital para la cena. Mario prefiere quedarse solo por las tardes. Me ha insistido mucho en eso. No admite objeciones. Cada vez tolera menos discutir. A veces deja la vista ida, flotando. Mira algo que pareciera estar en su regazo. Una especie de mundo minúsculo que los demás no vemos.

Cuando entro en su habitación, vestida con la ropa que le gusta, peinada para él, siento que me mira con rencor. Como si mi agilidad lo ofendiera. ¿Cómo estás, mi amor?, lo saludé esta mañana. Aquí, muriéndome, ¿y tú?, me gruñó. Ayer me había contestado: Tragando mierda, gracias. Se niega a que le aumenten la morfina. Dice que prefiere estar despierto, que quiere darse cuenta.

Por más esfuerzos que haga, yo tampoco puedo mirar a Mario como antes. De pronto cada acto suyo, cada gesto tan nimio como bostezar o sonreír o morder una tostada, parece formar parte de algún lenguaje remoto. Ahora sus silencios me angustian. Les presto una atención extrema, trato de leerlos. Y nunca estoy segura de qué dicen. Pienso en qué me dirán cuando sólo me quede eso, un callar de fondo.

La compasión destruye a su manera. Es un ruido que interfiere en todo lo que Mario dice o no me dice. De noche, junto a su cama, no consigo dormirme oyendo ese ruido. Cuando se apaga la luz, una especie de resplandor rodea, o quizás oprime, cada cosa que él ha hecho. El pasado ya está siendo manipulado por el futuro. Es un vuelco que da vértigo. Una ciencia ficción íntima.


Anoche me llevé al hospital un ensayo que Virginia Woolf escribió sobre su propia enfermedad. Me preguntaba si ese texto iba a orientarme o a hundirme más. Pero intuí que iba a encontrar algo. Algo de ese lenguaje que ahora habla Mario. En las últimas páginas me quedé dormida. Cuando me desperté, no estaba segura de si realmente lo había leído. Hasta que vi los subrayados. Por la falta de apoyo y mi mal pulso, parecían tachaduras.

«Dejamos de ser soldados en el ejército de los erguidos, nos convertimos en desertores», esa es la ambivalencia de los enfermos, que explica por qué a veces me siento furiosa con él. Ha sido derribado, sí, le han disparado por la espalda. Pero la consecuencia es que se ha alejado de nosotros. Como si nos hubiera abandonado para irse a una guerra que nadie más conoce.

«La descripción de la enfermedad en literatura es obstaculizada por la pobreza del propio idioma. El inglés, que es capaz de expresar los pensamientos de Hamlet o la tragedia de Lear», digamos Alonso Quijano, De Pablos, Funes, «apenas tiene palabras para describir el escalofrío y el dolor de cabeza. El idioma ha crecido en una sola dirección. La más simple estudiante, cuando se enamora, tiene a Shakespeare o a Keats para hablar por ella», digamos Garcilaso, Bécquer, Neruda, «pero si un enfermo intenta describirle al médico su dolor de cabeza, el lenguaje se marchita de inmediato», ¿por eso esta necesidad desesperada de palabras?

«Qué antiguos y obstinados robles se desarraigan en nosotros por un acto de enfermedad», y esos grandes troncos caen para enfermo y cuidador, ambos pasan por un segundo quirófano donde les amputan algo parecido a las raíces. «Cuando lo pensamos, resulta de veras extraño que la enfermedad no haya ocupado su lugar, junto al amor y la guerra y los celos, entre los temas principales de la literatura», o quizá no tan extraño, ¿quién quiere encender un fuego con la leña de su propio árbol?


Desde que Mario duerme en el hospital, tengo que estar alerta por las noches. La abstinencia de ansiolíticos me electrifica los nervios. Algún día mi cabeza se apagará de golpe, como cuando salta un fusible. El sueño postergado empieza a degenerar en costumbre. En una especie de entrenamiento insomne. Mi estado habitual es esta mezcla de falta de descanso e incapacidad para descansar. Así que escribo.

A veces me quedo mirando a los pacientes y sus parientes, y apenas los distingo. No porque se parezcan (la salud salta tanto a la vista que una siente vergüenza frente a los enfermos), sino porque, en el fondo, ahí todos nos dedicamos a lo mismo: tratamos de salvar lo que nos queda.

Al cuidar a nuestro enfermo, protegemos su presente. Un presente en nombre de un pasado. De mí misma, ¿qué protejo? En ese punto entra (o se tira por la ventana) el futuro. Para Mario es inconcebible. Ni siquiera puede conjeturarlo. El futuro: no su predicción, sino su simple posibilidad. Es decir, su genuina libertad. Eso es lo que la enfermedad mata antes de matar al enfermo.

Ese tiempo desconocido, ese tramo de mí, es quizá lo que intento salvar. Para que todo lo mal hecho, lo no hecho, lo hecho a medias, no me aplaste mañana. A los cuidadores el futuro se nos ensancha como un cráter que va ocupando todo. En su centro ya está faltando alguien. La enfermedad como meteorito.

¿Qué hacer? La acción parece drásticamente clara: cuidar, velar, abrigar, alimentar. ¿Pero y mi imaginación, que también ha enfermado? ¿Me equivoco anticipándome, ensayando una y otra vez lo que vendrá? ¿Eso me prepara para la pérdida de Mario? ¿O me arrebata lo poco que me queda de él?

Una vez, hace tiempo, le hablé de esto a Ezequiel cuando era sólo el doctor Escalante. Estábamos en su consulta. Mario había ido al baño. Yo aproveché para preguntarle sobre la conveniencia de mis anticipaciones. Recuerdo que Ezequiel me dijo: Si hoy no estás en el presente, mañana no vas a saber estar en el futuro. A mí me irritó un poco ese tonito zen. Le pedí que fuera más concreto. Pero Mario volvió del baño. Y Ezequiel sonrió y no dijo nada más.

Me topo todo el tiempo con libros apropiados para el hospital. No me refiero a libros que me distraigan (distraerse en un hospital es imposible), sino que me ayuden a comprender qué demonios hacemos ahí. Donde no sé si deberíamos estar. Donde lo traje para dejarlo en manos ajenas. Ahora, cuando leo, lo busco a él. Los libros me hablan más de lo que nos hablamos. Leo sobre enfermos y muertos y viudos y huérfanos. La historia entera de los argumentos cabría en esa enumeración.

«Sacó una jeringa», subrayé anoche en un cuento de Flannery O'Connor, «y se dispuso a encontrar la vena, tarareando un himno mientras hundía la aguja», cuando a Mario lo pinchan soy incapaz de mirar, suelen hablarle de cualquier otra cosa mientras lo hacen, y a mí me da la impresión de que a la vena le llega también lo que le dicen. «Yacía ahí, con una mirada entre indignada y rígida, mientras la intimidad de su sangre era invadida por aquel idiota», Mario dice que lo que más odia del hospital es cómo, mientras va empeorando, todo el mundo se cree en la obligación de ponerle cara de optimismo. «Se asomó al cráter de la muerte», ¡el cráter!, «y, mareado, volvió a caer sobre su almohada», de vez en cuando Mario estira el cuello, levanta la cabeza y la deja caer de nuevo.

Cada noche, entre párrafo y párrafo, miro dormir a Mario y me pregunto qué sueña. ¿Se soñará distinto en una cama de hospital? Porque leer, de eso no hay duda, se lee muy distinto.

Frío, siempre frío, tiene frío en verano, aunque lo tapen, tiembla. Es como si la piel no lo abrigara.

El calor puede ser una sensación extrema, pero no acusa a nadie. Si alguien lo padece, el otro no se siente en falta. Cuando Mario se enfría, yo en cambio siento que le fallo. Que debería arroparlo y no sé cómo. Pregunto si no se podría encender la calefacción, y las enfermeras me miran con lástima.

Me cuesta salir de ahí. Dentro del hospital mantengo mi misión. Mi misión me mantiene. La vida se vuelve más difícil afuera. No sé si existirá algún nombre para ese secuestro. ¿Síndrome de Fleming? Cuando no cuido a nadie, nadie me cuida.

Cada tarde, al abrir la puerta y colgar el bolso en el perchero, me doy cuenta de lo grande que va a ser esta casa. La recorro vacía. Parece decorada por extraños. No sólo faltan mi marido y mi hijo, al que llamo de forma compulsiva. Yo también falto aquí. Las cosas parecen intactas, pero el tiempo se ha arrojado sobre ellas. Como un museo de nuestra propia vida. Yo soy su única visitante y también una intrusa.

No hay nadie aquí. No hay nadie en mí. La que llora, la que come, la que duerme una siesta, la que va al baño es otra. No me decido a ver a mis amigos, porque siempre me preguntan lo mismo. Ni tampoco a huir de ellos, porque me da miedo que dejen de preguntarme. Cuando me acuesto, mientras cierro los ojos, fantaseo con que no me despierto. En cuanto abro los ojos, el techo se me cae encima.

Necesito una agresión. Necesito que alguien me recuerde que estoy en mí. Necesito a Ezequiel como a una raya. Como un gramo, un kilo, un cuerpo entero. No hablo de amor. El amor no puede entrar en las deshabitadas. O entra, y no encuentra nada. Hablo de asistencia urgente. De reanimación eléctrica. Necesito pegar y que me peguen. Quiero que me ultrajen tanto que ya no me importe. Quiero ser virgen, no haber sentido nada.


Pongo la radio. No escucho las voces. Enciendo la televisión. No miro las imágenes. Voy de youtube al banco, de facebook a los libros, de la política al porno. La rueda del ratón tiene algo de clítoris. Hay cierto olvido en la punta del dedo. Ojeo titulares, contemplo la catástrofe del mundo a través de un cristal, me deslizo a lo largo de su superficie. Intento absorber la ausencia de dolor por no ser la que sufre en otros lugares, en otras noticias. ¿Obtengo algún consuelo? Sí. No. Sí.

En la inercia de hacer búsquedas para averiguar qué busco, casi sin darme cuenta, tecleo: ayuda.

El primer resultado es «ayuda psicológica». Terapia *online*.

El segundo resultado es la entrada wikipédica que define y clasifica la palabra *ayuda*.

El tercer resultado es una ayuda para configurar bandas anchas.

El cuarto resultado remite al centro de asistencia de twitter: «Primeros pasos», «Problemas» y «Reporta violaciones». Parece la secuencia de una agresión.

El quinto resultado ayuda a editar contenidos. En caso de que el usuario tenga algún contenido.

El sexto resultado es del propio buscador: ayuda para buscar.

No navego. Naufrago.


«Hasta ahora», subrayé en una novela de Kenzaburo Oé, «una sirena había sido siempre un objeto móvil: aparecía a lo lejos, pasaba a toda velocidad, se alejaba» y desaparecía por completo, mientras yo le dedicaba, como mucho, un instante de ligera compasión al sufriente imaginario y lo olvidaba, como se olvida un sonido que deja de oírse. «Ahora, en cambio, llevaba una sirena adherida al cuerpo como una enfermedad», la enfermedad girando sobre sí misma, mi espalda transportándola. «Esa sirena nunca iba a alejarse.» Cada vez que me cruzo con una ambulancia, tengo miedo de que venga a buscarnos.

Dentro de un rato vuelvo al hospital. Apenas me ha dado tiempo de pasar por casa, ducharme y cambiarme de ropa. Esta tarde no he dormido la siesta.

Él acepta siempre. Pero nunca toma la iniciativa de llamarme. Sus únicas iniciativas conmigo (y parece reservárselas, hibernarlas bestialmente) tienen lugar en la cama. Le he preguntado si es parte del protocolo, o qué. Ezequiel se limitó a responderme: Esto depende de ti.

Cada vez que me acuesto con él, no sólo me siento traidora por Mario. También por Lito. Tengo la sensación de que lo descuido, de que lo abandono, cuando Ezequiel me penetra. Como si, al hacerlo, me recordara que soy madre. Entonces siento el impulso de pedirle que me penetre más fuerte, más hondo, para que me devuelva a mi hijo. Tengo orgasmos monstruosos. Me hacen mal. A él le parece bien. Lo encuentra saludable.

Cuanto más veo a Ezequiel, más culpable me siento. Y cuanta más culpa siento, más me repito que yo también merezco alguna satisfacción. Que, desde tiempos remotos, los más respetables padres de familia han disfrutado de sus amantes, mientras las imbéciles de sus esposas cumplían con la obligación de serles fieles. Y más me empujo a mí misma a evadirme con Ezequiel. Aunque sepa que al final no me evado de nada.

Cada día, en algún momento, las puertas de las habitaciones se cierran. Todas. A la vez. Entonces una camilla metálica atraviesa el pasillo. Una camilla cubierta por sábanas.

Me asomo y veo pasar esas camillas con una mezcla de horror y alivio. Espío a los auxiliares empujándolas, escucho girar las ruedas. Todos los días se llevan a alguien. Todos los días traen a un sustituto. Ese río de cadáveres aísla nuestra habitación, en la que todavía estamos a salvo. Ese río también me anuncia que, en algún momento, desde alguna habitación, alguien asomará la cabeza para verme caminar detrás de una camilla. Y obtendrá la misma tregua inútil que yo ahora.

Sabiendo qué pasará, y cómo, y dónde, cualquier gesto tiene un fondo de engaño. Le llevo periódicos, películas, dulces. Llamamos a Lito, charlamos con sus hermanos, hablamos de buenos recuerdos. Le sonrío, lo acaricio, le hago bromas. Me siento como si formara parte de una conspiración. Como si, entre todos, estuviéramos obligando a un moribundo a hacer como que no se muere.

Tengo la impresión de que las familias, quizá también los médicos, tranquilizan a los enfermos para defenderse de su agonía. Para amortiguar la alteración excesiva, insoportable, que provoca la fealdad de la muerte ajena en plena vida propia.


«Escribir sobre la enfermedad», subrayé anoche en un ensayo de Roberto Bolaño, «sobre todo si uno está gravemente enfermo, puede ser un suplicio. Pero también un acto liberador», espero que a los cuidadores nos surta el mismo efecto, «ejercer la tiranía de la enfermedad», de eso nunca hablamos, y es verdad: todo oprimido necesita oprimir, todo amenazado desea amenazar, todo enfermo ansía perturbar la salud ajena, «es una tentación diabólica», también los cuidadores tenemos tentaciones, sobre todo diabólicas.

«¿Qué quiso decir Mallarmé cuando dijo que la carne es triste y que ya había leído todos los libros? ¿Que había leído hasta la saciedad y había follado hasta la saciedad? ¿Que, a partir de determinado momento, toda lectura y todo acto carnal se transforman en repetición?», lo dudo mucho, ese momento sólo podría ser el matrimonio, «yo creo que Mallarmé está hablando de la enfermedad, del combate que libra la enfermedad contra la salud, dos estados o dos potencias totalitarias», la enfermedad no sólo se apodera de todo, también relee todo, provoca que las cosas nos hablen de ella. «La imagen que construye Mallarmé habla de la enfermedad como resignación de vivir. Y para revertir la derrota opone vanamente la lectura y el sexo.» ¿Qué otra cosa podríamos oponer?


Estábamos los dos boca arriba en su cama, hombro con hombro, empapados, recuperando el aliento, flotando en ese olvido que dura poco. Yo trataba de ir del cuerpo hacia la idea. Pienso mejor cuando acabo de sentir todo el cuerpo.

Le pregunté si, más allá de la genética, él creía que en enfermedades como la de Mario existían factores psicológicos. Algunas teorías, me respondió Ezequiel, dicen que enfermamos para comprobar si nos quieren.

Me vestí y di un portazo.

Llamé llorando a mi madre. Me dijo que hacía muy bien en desahogarme. Más tarde, como intuyéndonos, llamó mi hermana. Me preguntó por Mario y me habló de unos vuelos que acababa de encontrar.

Cuando lo contemplo, flaco y blanco como una sábana más, a veces pienso: Ese no es Mario. No puede ser él. El mío era otro, demasiado distinto.

Pero otras veces me pregunto: ¿Y si ese, exactamente, fuera Mario? ¿Y si, en lugar de haber perdido su esencia, ahora sólo quedase lo esencial de él? ¿Como una destilación? ¿Y si en este hospital estuviéramos malentendiendo los cuerpos de nuestros seres queridos?

Acabo de despedir a Ezequiel desde la puerta de casa, nuestra casa, como si fuese la cosa más natural del mundo, como si no tuviésemos vecinos, después de hablar con él, discutir con él, revolcarme dos veces con él, en nuestra cama de matrimonio. Diría que me doy asco. Pero, para decir algo así, haría falta tener un poco de dignidad.

Todo empezó con un café. Le mandé un mensaje y él respondió en el acto. Que hoy se estaba acordando muchísimo de mí. Que me hacía falta un poco de compañía. Que no estaba lejos de mi casa. Que un café por lo menos. Que, que.

Me parece que él venía buscándolo. Que lo excitaba la idea de llegar hasta aquí. Bueno: ya está. Ya no nos queda nada más que mancillar.

Por Dios, ¿él venía buscándolo?

Voy a tomarme un par de pastillas. Tampoco hay demasiado que recomponer.

«En la cama, de noche», subrayé en una novela de Justo Navarro, «me aplastaba el horror de las cosas que seguirían siendo exactamente iguales a cuando yo estaba aunque no estuviera», sé que Mario está muerto de miedo de morirse durmiendo, que por eso no se duerme, «entonces me contaba los dientes con la punta de la lengua para quitarme el miedo a estar muerto, y me dormía contándome los dientes. Y me despertaba: el miedo era más grande antes de abrir los ojos», cada noche intento que se duerma y me asusto cada vez que se duerme, me esfuerzo para que descanse y después ruego en silencio para que todavía no descanse del todo. Hay esperas que son como una muerte lenta. Me asfixia estar esperando una muerte para reanudar mi vida, sabiendo de sobra que, cuando suceda, voy a ser incapaz de reanudarla.

Anoche soñé que Ezequiel auscultaba a mi marido, oía algo en su piel, lo operaba de urgencia y le extraía minúsculos fetos.

Mario

... como si estuviéramos tomándonos un café pasado mañana, ¿no?, después del almuerzo descanso un rato, y en cuanto abro los ojos me vienen las palabras, a veces hasta sueño lo que voy a decirte, y después, cuando lo digo, tengo la sensación de que estoy repitiéndolo, en realidad aquí sería imposible tomarnos un buen café, te sirven, sí, una cosa negra, o marrón, una especie de diarrea de bebé, menos mal que mamá me trae de la máquina de abajo, la pobre sube corriendo para que no se me enfríe, ¿y un té verde?, me preguntan a veces las enfermeras, ¿no querría un té verde?, oigan, les digo, ¿a ustedes les parece que estamos para té?

¿Cómo era esa cafetería en Comala de la Vega?, ¿La?, ¿cómo se llamaba?, ¿La Dama?, no, bueno, esa, ahí me dio la vomitera más grande de todo el viaje, qué fisiológico estoy, ¿no?, el hospital te convierte en un cuerpo, el asunto es que aquel día paramos demasiado, y se nos hizo tan tarde que no quedó más remedio que terminar ahí, en Región, yo empezaba a ver borroso, me temblaban las piernas, la idea de llevarte a esa pocilga no me gustaba nada, me preocupabas tú y me preocupaba Pedro, por si acaso le di una propina al vigilante, una barbaridad, le di, como para que nos cambiara la tapicería, y mientras entrábamos me, ah, una cosa, en el motel sí funcionaba internet, había un aparato detrás de recepción, pero, cómo explicarte, me daba miedo que de repente se te abrieran un montón de páginas porno, qué idiotez, ¿no?, parezco mi madre, como si en casa no pudieras ver todo lo que te dé la gana, ¿ya miras porno, hijo?, ¿te gustarán las cosas que me gustan a mí?, lo curioso es que ahí mismo, en el bar de esa pocilga, sé que tú y yo tuvimos un rato memorable, fue, yo estaba pagando, ¿no?, tú todavía estabas con el postre, y se notaba, Lito, que no querías terminártelo, ni irte a la cama, ni nada, y mientras esperaba el cambio me puse a mirar a los tipos que había en la barra, algunos eran muy jóvenes, y de pronto pensé que nunca iba a verte así, con esa edad, apoyado en una barra, y entonces me entró, no sé, una especie de ataque de futuro, pensé: bueno, si no puedo esperar, que sea ahora, y fui y te invité a una copa, te juro que estaba dispuesto a consentirte cualquier cosa, un whisky, un tequila, un vodka, lo que fuera, y tú te pediste una fanta, y fue maravilloso, a lo mejor para eso hicimos el viaje, ¿no?, para tomarnos una fanta en un motel con putas, y entonces todo valió la pena, hasta que llegó el perturbado ese, el falso mago.

Mira, tenía, tengo que decirte qué quería ese tipo, sé que te dio rabia que nos fuéramos así, por eso te lo explico, aunque me vuelvan las náuseas, en fin, a ver si te acuerdas, ¿a quién le habló primero?, mejor dicho, ¿a quién tocó?, a ti, Lito, te acarició un brazo, no demasiado, un poco, y después me habló a mí haciéndose el gracioso, típico, me parece que al principio no se dio cuenta de que yo era tu padre, no quiero ni pensar qué creyó entonces, por eso te dije en voz alta: vamos, *hijo,* pero nada, el muy hijo de puta seguía, seguía hablándote, como si no me creyera, o peor, como si, mira, yo, te juro, estuve a punto de romperle la cara ahí mismo, de patearle las costillas y abrirle la cabeza, hasta lo vi, te digo, calculé dónde le clavaba los nudillos, cómo agarraba la silla y en qué parte del cuerpo le hundía las patas, todo, todo, me faltó medio segundo, y justo me di cuenta de que no podía hacerlo contigo delante, siempre te digo, pobre, que no hay que pelearse, que si te molesta algún compañero seas más inteligente que él, ¿ahora cómo mierda iba a explicarte?, bueno, ya está, ya te lo he contado.

Ah, y una cosa, la próxima vez que alguien te moleste en el cole, vas y le rompes la cara de mi parte, ¿entendido?, porque para colmo el tipo, es increíble, no sé si te fijaste, cuando a la mañana siguiente bajamos a.

Entran, salen, te cambian esto, lo otro, no sé ni qué me ponen, ya ni les pregunto, es humillante, sólo me faltan los pañales, yo no quería, ¿por qué mamá no viene y me saca de aquí?, ¿por qué las visitas no me miran a los ojos?, lo peor es que todo esto no me ha enseñado nada, lo que siento es rencor, antes, cómo decirte, creía que sufrir servía para algo, como una especie de balanza, ¿entiendes?, un sufrimiento a cambio de alguna conclusión, una debilidad a cambio de tal conocimiento, mierda, todo eso es una mierda, y además qué vanidoso, como si uno pudiera organizar el dolor, no, el dolor es puro, no tiene utilidad, es de lo poco que puedo asegurarte, hijo, tú no te enseñes a sufrir, no aprendas nunca, mira, desde el día en que te dan el diagnóstico, el mundo se divide inmediatamente en dos, el grupo de los vivos y el grupo de los que van a morirse pronto, todos empiezan a tratarte como si ya no formaras parte de su club, ahora eres del otro, en cuanto me di cuenta no quise decirle nada a nadie, yo no quería compasión, lo único que quería era un poco de tiempo, en el trabajo, por ejemplo, si lo dices en el trabajo los compañeros dejan de hablarte de sus problemas, dejan de pedirte cosas aunque todavía puedas hacerlas, dejan de comentarte los planes para el año que viene, en fin, te borran de los asuntos del club, no es sólo la enfermedad, los demás también te quitan el futuro, incluso en la familia, ¿sabes?, no te consultan nada, ya no eres un pariente, eres sólo un problema colectivo, y en el hospital, bueno, ¿qué te voy a decir?, aquí es más evidente todavía, los vivos miran a los que van a morirse, hijo, en eso se resumen las actividades de este puto lugar, quiero irme de aquí, quiero mearme en mi propia casa, los vivos miran a los que van a morirse, ya está, o pensándolo bien, aquí existe un tercer club, el club de los que piensan que pueden salvarse, entre los otros dos hay un pequeño puente, ¿no?, y ese puente está repleto de tipos en bata, estirando los brazos con el culo al aire.

Cuando vives acostado, ves entrar y salir a las visitas como en una obra de teatro, una obra mala, ¿eh?, todos se asoman, actúan contigo un rato, se despiden y desaparecen entre bambalinas, entonces tú, el supuesto protagonista, te preguntas adónde irán, qué harán, de qué hablarán entre ellos, y aunque recuerdes muy bien que la vida normal no es así, te imaginas sus días llenos de actividades fascinantes, y entonces los envidias, los odias, quisieras verlos en tu lugar, lastimarlos, contagiarlos, hasta que la puerta de la habitación vuelve a abrirse y te sientes agradecido, es realmente insoportable sentir gratitud por gente a la que sabes que nunca vas a poder hacerle un favor, después de conversar con las visitas, de bromear con ellas, cuando todos se van, por un momento te notas aliviado, casi lo estabas deseando, estabas deseando descansar y poner tu verdadera cara, ¿no?, la de sentenciado, pero tampoco quieres estar solo demasiado tiempo, así que al rato empiezas a sentir nostalgia del teatro del día, y la luz se va yendo, y el pasillo se queda quieto, y salvo que tengas suerte y duermas bien, te pones a contar las horas que faltan para los ruidos del desayuno, ¿entiendes?, de noche me quedo mirando al vacío, y tu madre me observa con muchísima atención, como tratando, yo qué sé, de adivinar en qué grandes reflexiones estoy metido, no es tan fácil reflexionar aquí, no siempre tienes fuerzas, así que en lo que pienso muchas veces, por ejemplo, es en cagar, pero eso no se lo digo a mamá, no le digo: estaba pensando en cagar un poco, y le contesto que no estoy pensando en nada, eso suena mejor, aunque no debería, la verdad, porque cagar, cuando estás aquí, te interesa mucho más que casi todo, y cómo pica la espalda, carajo, en estas camas ves lo profundo que es el cuerpo, el alma, o lo que sea, es una cosa totalmente secundaria, la aplazas enseguida, lo urgente, lo complejo es lo físico, que está lleno de misterios hasta para los médicos, yo cada vez entiendo menos todo lo que hay ahí, debajo de las sábanas, lo miro como si fuera ajeno, y lo otro, o sea, eso, tampoco me parece mío, o sí, de vez en cuando todavía lo noto, pero no soy capaz ni de tocarlo, no quiero tocar nada que esté en mi cuerpo, todo lo que esté en mi cuerpo ahora es mi enemigo, esto sí que es estar muerto.

Creo que voy a contradecirme, no, a ver, porque no te imaginas cuánto tiempo tengo para pensar desde que no me queda tiempo, no paro de pensar ni siquiera dormido, sí, me estoy contradiciendo, ahí, en mi cabeza, todo va rapidísimo, un minuto es un lujo para la mente, por lo menos cuando no te pica la espalda, me acaba de llamar mamá, viene enseguida, se ha retrasado un poco, no hemos sido un matrimonio perfecto, supongo que ya estarás al tanto, saber que voy a morirme me hace quererla más, he descubierto el amor al enfermarme, es como si tuviera ciento veinte años, todavía soy joven, un joven de ciento veinte años, ¿y te digo algo?, no me merezco ese amor, porque antes de saber que iba a morirme no supe sentirlo, a veces pienso que la enfermedad es un castigo, y cuanto más me cuida tu madre más en deuda me siento, una deuda que no voy a poder pagarle, ella me repite que no, que qué barbaridad, que estas cosas se hacen por amor, pero las deudas de amor también existen, el que diga lo contrario se engaña, y esas deudas nunca desaparecen, como mucho se disimulan, como ahora hago yo.

Canguro electrónico, hoy me has contado por teléfono tu partido de fútbol con los vecinos, las zapatillas impresionantes que te ha comprado el abuelo, el concierto que has visto con la abuela, el récord que has batido en no sé qué, ¿sabes qué hizo tu abuelo cuando empecé a salir con su hijita?, me compró un par de pantuflas, unas pantuflas de seda, me explicó muy atento, para cuando quisiera dormir en su casa, muy bien, bravo, el problema es que esas putas pantuflas eran de su talla, no de la mía, me quedaban diminutas, era imposible ponérselas, así son los progresistas, me alegra mucho que estés divirtiéndote, yo te he contado lo atareado que estoy, los transportes que sigo haciéndole al tío Juanjo mientras él está de vacaciones, te hablo de los viajes que no hago, de los lugares que no veo, de las carreteras que no recorro, un día de estos voy a tener un accidente, y ese accidente va a separarnos bien, Lito, yo quiero que nos recuerdes así, viajando juntos, ahora los recuerdos, hasta los más tontos, desprenden una luz, como esas pantallitas que a ti tanto...

Lito

Mamá vuelve a llamar. Tiene que estar echándonos muchísimo de menos. Hoy ya hemos hablado tres veces. Cuando nos levantamos. Cuando paramos a comer en Santa María de la Reina. Y ahora que estamos llegando a Salto Grande para hacer la entrega. Yo también la echo de menos. Pero no cuando ella me pregunta. Es raro eso.

Ay, mi precioso, nada, dice mamá, ¿todo bien?, ¿te diviertes?, ¿estás comiendo fruta?, ¿y papá?, ¿no son ya demasiadas horas?, ¿y si duerme una siesta?, ¿cuánto queda?, ¿sigue haciendo buen tiempo?, ¿tú sabes cuánto te quiero?, ¿eh, mi vida?, ¿lo sabes?

Mamá hace ruidos como de sonarse la nariz. Ma, digo, ¿estás llorando?

¿Yo?, contesta ella riéndose, no, hijito, ¡cómo se te ocurre!, es un resfrío de lo más tonto, ¡los aires acondicionados son una locura!, bueno, nada, sólo llamaba, vi la hora y pensé, bah, creí que ya, ¿dónde era la entrega?, ¿en Santa María de la?, espera, no, ahí fue al mediodía, en fin, sólo quería, ¿y ensaladas también estás comiendo? (sí, le miento, casi todos los días), bueno, está bien, pero tiene que ser todos, ¿eh? (claro, mami, contesto), además, si de noche te comes hamburguesas y esas cosas después descansas peor, son muy pesadas de digerir, ¿entiendes, mi sol?, por eso lo ideal sería, ¿sabes qué?, pedirte como mucho un (adelantamos a un Volkswagen negro y volvemos a nuestro carril, el Volkswagen acelera, nos pasa y vuelve a ponerse delante de Pedro, papá insulta en voz baja, frena y vuelve a poner las luces para adelantarlo), ¿pasa algo, tesoro?, ¿qué ha pasado? (nada, mami, digo, nada), ¿seguro, hijito? (te lo juro, contesto), bueno, entonces, no quiero ser pesada, en serio, pero preferiría que el postre te lo (volvemos a adelantar al Volkswagen negro, y esta vez papá se mantiene en el otro carril y acelera, acelera muchísimo, hasta que el Volkswagen se hace pequeño en el espejo y desaparece, ¡toma!, ¡guau!, ¡con lo enorme que es Pedro, cómo corre!, y de pronto las nubes se mueven, se están yendo, debe ser porque ahora vamos mucho más rápido), ¿estamos, mi amor?, ¿sí?, ¿me lo prometes? (te lo prometo, mami, digo, te quiero mucho).

Mamá me pide que le pase a papá. Él baja la velocidad y atiende el teléfono. Sostiene el volante con una sola mano. No entiendo por qué nunca conecta el teléfono al altavoz del camión. El tío Juanjo lo usa así. ¿Por qué a papá y mamá les gusta tanto hacer lo que me dicen que no se hace? Papá sólo contesta sí, no, bueno, ajá, te entiendo, mejor después. Es difícil adivinar de qué hablan. Me da miedo que discutan.

Me asomo al espejo para ajustarme la gorra. Es un poquito grande para mi cabeza. Pero me queda genial. El mago dijo que yo había cambiado. Y es cierto que con la gorra puesta parezco distinto. A lo mejor el truco era ese. Así se nota más que ya paso de diez. Lo que está claro es que esta gorra es especial. Me hubiera gustado preguntarle al mago dónde la consiguió. Se parece muchísimo a la de Stallone en, ¿cómo se llama la peli?, ¿la que estaba el otro día en la tele del hostal? En esa peli Stallone es camionero como el tío Juanjo. Bueno, como el tío no. En la peli ir en camión es mucho más emocionante. En la realidad está bien. Pero a veces te aburres. O te duele la espalda. A Stallone nunca le dolía la espalda. Claro que él se entrena todo el tiempo. Y tiene los músculos de atrás superdesarrollados. En la peli va parando por ahí para pulsear con gordos bigotudos. Y les gana a todos. Eso es lo que me gusta de Stallone. Siempre les gana a tipos más grandes y más altos. También le enseña a su hijo. Al principio parece un mariquita. Y al final aprende. Ojalá yo tuviera un padre así. O sea, papi es genial. Pero me encantaría que me enseñara a retorcerles el brazo a los tontos del cole. Ahora no creo que pueda. Se cansa más por el virus ese. Stallone no se enferma. Eso sí. Papá todavía tiene un montón de fuerza. Seguro. Ayer traté de levantar su mochila. Uf. Imposible.

Me imagino que estamos en el gimnasio del cole. Que pulseo con los tontos con mi gorra puesta. Que les retuerzo el brazo. Que los levanto por el aire. Y los dejo en ridículo, tirados en el suelo, llorando como cagones. Y todos mis compañeros aplauden como locos. Trato de imaginármelo y no puedo. No me salen bien las imágenes. Me quedo como en blanco en mitad de la pelea. O de repente veo que me ganan y me lastiman el brazo y se burlan de mí. Eso lo veo muy bien. Cómo se burlan. Cómo me patean. Cómo me escupen. Entonces me imagino otra cosa. Me imagino un camión enorme dando bocinazos. Derribando las rejas del cole. Destrozando el gimnasio. Atropellando a todos. Aplastando sus cabezas. Una por una. Crac. Crac. Crac. Y me siento mejor. Y me miro al espejo. Oye, dice papá, ¿no te vas a quitar esa gorra espantosa?

La entrega es una cosa pesadísima. Yo pensaba que llegábamos, descargábamos y ya está. En el depósito no está el señor que conocía papá. Hay otro que se queja de la hora a la que llegamos. Papá levanta la voz. El otro lo amenaza con obligarlo a esperar hasta mañana. Y con mandar un informe de no sé qué. Papá se pone furioso. Hasta me da la impresión de que va a pegarle. Eso me encantaría. Después se tranquiliza. Me pide que me quede en el camión. Y se baja. Espero un rato. Papá tarda. Esta parte del depósito está oscura. Desde aquí arriba no veo casi nada. Sólo pilas y pilas de envases envueltos en plástico. Busco el teléfono para jugar al golf. Mala suerte. Me parece que lo tiene papá. Uf. Me aburro. Toco la bocina. Dos empleados me miran desde un montacargas. Siguen subiendo. Y desaparecen. El motor del montacargas parece un ascensor. Cuando sube hace más ruido que cuando baja. Los empleados pasan de nuevo. Después, no sé. De repente oigo la puerta del camión. Abro los ojos. Veo a papá ordenando papeles. Estiro los brazos. ¿Todo bien?, pregunto. Bah, suspira él, pagando se entiende la gente.

Empieza a atardecer. Avanzamos entre naves industriales. Al fondo se ve Salto Grande. De vez en cuando nos cruzamos con otros camiones. Nos saludan encendiendo y apagando las luces. Hay bastantes máquinas. Grúas. Excavadoras. Topadoras. Son igualitas que en la tele pero más sucias. Paramos en un semáforo. Veo el gancho de una grúa justo adentro del sol. Parece una garra sobre una calcomanía. Si la grúa bajara se haría de noche de golpe. Suena el teléfono de papá. No atiende. Aceleramos.

Rodeamos las afueras del pueblo. Papá me pregunta si buscamos un hostal o empezamos el camino de vuelta. ¿Y si entramos un rato?, digo. ¿Adónde?, duda él, ¿al pueblo? Mejor no, hijo, hay demasiadas cuestas. ¿Y?, pregunto. Y nada, contesta él, que estoy un poco cansado. ¡Pero está ahí enfrente!, protesto, ¿y si no vuelvo nunca? Papá se queda callado. Mira muy fijo la carretera. Suelta aire por la nariz. Arruga la cara. Creo que va a decir que sí.

¡Ya era hora de moverse! El pueblo está genial. Blanco. Blanquísimo. Con un montón de sombras. Lleno de callecitas y escaleras. Parece un laberinto en

3-D. A veces no sabes si subes o bajas. Hoy papá está perezoso. Como no tiene ganas de perder otra carrera me propone que juguemos a los escalones. Las reglas son así. En cada escalera tengo que adivinar cuántos escalones hay. Ir a contarlos lo más rápido que pueda. Y volver corriendo para decirle a papá el número exacto. Si me equivoco por menos de diez escalones, un punto para mí. Si me equivoco por más, un punto para él. El primero que llegue a diez puntos gana. Vivir aquí tiene que ser superdivertido. Corro, corro. Cuento escalones. Subo. Bajo. Ya llevo siete puntos. No es tan fácil. Algunas veces hago trampa. No mucha. Un poquito. Dejo de contar dos o tres escalones. Más de eso nunca. Las paredes están muy bonitas. Se ponen rojas. Anaranjadas. Rosadas. Se ha levantado un poco de viento. Papá me grita desde abajo. No escucho bien qué dice. Bajo, subo. Corro, cuento. Trato de no caerme. Ya llevo nueve puntos.

Nos sentamos en unas mesas de plástico. En la plaza hay gente vieja y niños con perros. Estoy chorreando pero contentísimo. Papá tose. Pido una coca-cola con una rodaja de limón. Él pide una botella de agua mineral. Y se toma una pastilla para la alergia. Me bebo mi coca-cola de un sorbo. Le pregunto a papá si puedo pedir otra. Sé que no va a querer. No le gusta nada que me pase con los refrescos. Pero esta vez me deja. Mamá se enfadaría. Papá sigue tosiendo. Me explica que el aire de Salto Grande está cargado de polen. Inclino el vaso. Los hielos me rebotan en la nariz. Me imagino que son meteoritos que chocan contra mi nave espacial. ¿Habrá hielo en el espacio? ¿O el espacio será todo de hielo? El otro día vi un documental sobre glaciares. ¿Pero entonces las naves cómo vuelan? ¿O a lo mejor mientras vuelan van perforando el espacio? Tengo la barriga llena de gas. A mi barriga le vendría bien una perforadora. Eructo y me río. Pregunto si ya nos vamos. Papá contesta que prefiere quedarse aquí un rato más. Me cruzo de brazos. Empiezo a aburrirme. Miro a todas partes. Veo un cartel con el dibujo de internet. Pido permiso para ir. Papá no ve bien el cartel que le señalo. Mira a toda la gente de alrededor. Duda. Me dice que ni se me ocurra salir. Que va a estar vigilando la puerta. Y me da unas monedas. ¡Bien! Hoy está blando.

Entro en mi correo. En la bandeja tengo un mensaje de mamá. Otro de Edu con fotos. Y una montaña de spam. Borro el spam y leo los mensajes. Le contesto a mamá. Busco a Edu en el chat. No está conectado. Busco a Pablo. A Rafa y a Josema. Tampoco. Me parece que están todos de vacaciones. Pienso en probar con Marina. Marina me cae bien. Y casi tiene tetas. Le encanta escribir en los chats. Dice que nuestros compañeros son tan bestias que ni siquiera saben saludar. Mejor primero practico. Y otro día lo intento. Salgo del correo. Me pongo a ver cosas en youtube. El sonido es malísimo. Me levanto a pedir unos auriculares. Me contestan que no queda ninguno libre. Vuelvo a sentarme. ¿Y ahora qué hago? De repente me acuerdo de la peli. ¿Cómo era? Tecleo: stallone + camión. La encuentro enseguida. Y descubro algo muy raro. En algunos países se llama *Halcón*. En otros *Yo, el halcón*. Y en inglés se llama *Over the Top*. No es que sepa mucho inglés. Pero top no es halcón. Y over tampoco. Eso seguro. ¿Qué tienen que ver los halcones con los camiones? A lo mejor Stallone transportaba pájaros en el camión. No creo. En realidad nunca se sabe qué transporta. Sólo lleva su gorra. Y al mariquita del hijo. Voy al traductor de google. Tecleo: ober the, no: over the top. Me salen dos resultados. Sobre la tapa. Y por encima. La verdad es que el título en inglés tampoco se entiende muy bien. Y eso que ya la he visto varias veces. ¿Quién les pone los nombres a las pelis?

Lagarto políglota, oigo mientras me tapan los ojos con la visera, ¿vamos? Me subo la gorra. Me vuelvo. Le pregunto a papá: ¿Qué es políglota? Él me da un beso y contesta: Búscalo.

Elena

Día 15 a las 19:50 horas.
Día 15, 7:50 pm.
El quince a las ocho menos diez.
¿Quieren decir algo estos números?
¿Entiendo qué ha pasado si digo «día 15» o «19:50 horas»? ¿La realidad era otra a las 19:49? ¿El mundo cambió en ese minuto? ¿Por qué releo una y otra vez estos datos, leo «día 15», leo «19:50», y sigo sin entender qué significan?


Iba a escribir, pero no.
Ningún deseo de leer.


Hoy tampoco.


Fue así.
Salía de la ducha. Estaba vistiéndome para pasar la noche en el hospital, cuando sonó el teléfono. Era Juanjo. Hablaba rápido o yo entendía lento. Que el monitor. Que los sueros. Que el oxígeno. Que acababan de entrar dos enfermeras. Que no podía articular palabra. Que le estaba costando mucho respirar.
Colgué el teléfono. Lo primero que me vino a la mente nunca podré perdonármelo.
Pensé en terminar de secarme el pelo.
El pelo. Mi cabeza.

Pedí un taxi. Tardaba. No lo esperé. Salí a la calle. Crucé mal. Me interpuse entre un taxi libre y una señora. La señora me lo recriminó. Yo me ofendí. Murmuré algo sobre la respiración artificial. Me metí en el coche. Arrancó. Había tráfico por todas partes. Íbamos despacio. A veces ni superábamos la velocidad de los transeúntes. Yo veía cambiar los números en el taxímetro. De golpe me bajé. Me bajé del coche y corrí. Sonó el teléfono. Casi me desmayo. Atendí aterrada. No era Juanjo. Era la compañía de taxis. Querían saber dónde me había metido. El conductor llevaba un buen rato esperándome en la puerta. Le grité a la mujer de la compañía de taxis. Le grité mientras corría. La insulté sin parar. La gente me miraba. La mujer colgó. Seguí corriendo. Sudaba a chorros. Me pinchaban las piernas. Me latía todo el cuerpo. Por la garganta me subía una mezcla de ardor y congelamiento. Me pareció que iba a escupir un pedazo de algo. Algo que rebotaba. Mientras corría así pensé en Mario. Ahora sí. Completamente. Sólo en él. En su boca. Su nariz. Su aliento. En su respiración. Intenté ayudarlo. Traté de respirar con él. Me ahogaba. Nos ahogábamos. Imaginé mi boca sobre su boca. Mis pulmones y los suyos. Imaginé que soplaba. Que soplaba tan fuerte como para levantarlo de la cama, como para impulsarme hasta el hospital.

Al final llegué a tiempo.

Nunca llegamos a tiempo.


Así fue el día quince hasta las ocho menos diez. La noche fue peor.

Había que llamar a la funeraria para comprar el ataúd. Y a los diarios para dictar las esquelas. Dos tareas elementales, inconcebibles. Tan íntimas, tan lejanas. Comprar el ataúd y dictar las esquelas. Nadie te enseña esas cosas. A enfermar, a cuidar, a desahuciar, a despedir, a velar, a enterrar, a cremar. Me pregunto qué mierda nos enseñan.

Primero fue la funeraria. O, para ser precisa, las funerarias. Porque hay muchas. Muchísimas. Todas con ofertas diferentes. Te facilitan los contactos desde el propio hospital. Como si fuera parte del tratamiento. Con la misma eficacia con que aplican enemas.

Algunas funerarias te piden menos por el cajón, pero más por el transporte al cementerio. Otras te regalan el transporte al cementerio, pero te cobran más por alquilar el recinto del velatorio. Otras te hacen descuento para el velatorio, pero no tienen ataúdes de gama baja. Otras parecen más caras, pero su tarifa incluye los impuestos. Entonces te enteras de que las tarifas anteriores, que parecían más económicas, no incluían los impuestos. Y así, vuelta a empezar. Y las colas de huérfanos y viudos van y vienen. Si morirse es otro trámite, prefiero los rituales de cualquier tribu exótica.

Número tras número, mientras consultas, anotas, desconfías y cuelgas, no dejas de sentirte, ni por un solo instante, la criatura más mezquina de la tierra. Incapaz de ofrecerle un buen descanso a la persona amada, a la persona que tampoco has salvado. Sospechas que estás cometiendo una atrocidad al regatear en un momento así. Que lo más digno sería asumir en silencio el chantaje y entregarse al dolor. Pero, al mismo tiempo, como si te acuchillaran por el otro costado, te indigna el zafio oportunismo del negocio, el lucro carnicero con tu pérdida. Entonces vuelves a buscar alguna cifra que te suene razonable (¿cuánto vale una muerte razonable?, ¿qué es un muerto caro?), una cifra, digamos, que no obligue a tu muerto a fingir una riqueza que no tuvo. Y vuelta a empezar con las llamadas, mientras las colas de huérfanos y viudos siguen yendo y viniendo.

Al final, en mitad de una llamada a una funeraria cualquiera, me arrepentí de todos mis cálculos, contraté la primera tarifa que me propusieron, di mis datos personales, di mi número de tarjeta de crédito, di las gracias, colgué y, en el acto, me arrepentí de haber aceptado un precio que Mario jamás hubiera aceptado.

Dictar las esquelas no fue más fácil. Dictarlas: pronunciar una muerte cercana en tercera persona. Hacer como que las lees mientras vas redactándolas. Simular que no sabías que tu marido ha muerto, y que estás enterándote por medio de esas líneas. Él, en tercera persona, tu ser amado, en segunda persona, que nunca más va a existir en primera persona. La gramática no cree en la reencarnación. La literatura, sí.

Debía dictar la esquela rápido, me dijeron. O iba a tener que esperar un día más, me explicaron. Si no tenía preparado el archivo con el texto, se lamentaron, entonces no quedaba otro remedio que improvisarla en el acto. El diario estaba en horario de cierre, me informaron. Había tiempo para insertar una esquela normal, una de contenido religioso, se corrigieron, de esas en que se ruega una oración por el alma de, etcétera, me recitaron. Pero ya no queda tiempo, señora, se impacientaban, para ponerse a innovar el molde.

Mientras improvisaba el texto de la primera esquela, me entraron tentaciones de pronunciar mi nombre en lugar del de Mario.

La última esquela tuve que dictársela a un becario gangoso, porque ya no quedaba nadie más en la redacción. Y era cuestión, me dijo, de *midutos*. Que si no la despachábamos ya mismo, la esquela no *entdaba*. Cuando el becario dijo *entdaba,* yo escuché *enterraba.* Que la esquela no enterraba. Al final se ofreció a leerme el resultado, para *asegudarse* de que el texto era *codecto.* Lo escuché recitado en su voz, en la voz de un gangoso que era quizá la persona más amable de todas las que me habían atendido esa noche, escuché mi esquela llena de aparentes erratas y equívocos inimaginables. Entonces tuve un espasmo de risa, una serie de contracciones musculares que no lograba controlar, como si me hubiera enredado en un cable eléctrico, y el becario gangoso me preguntaba si estaba bien, y yo le contestaba que sí y me electrocutaba de risa, y uno de mis cuñados me alcanzó un vasito de plástico y un sedante.

Salí a la calle para respirar aire fresco. No noté ninguna diferencia entre el exterior y el interior. Llamé a casa de mis padres. Primero hablé con Lito. Le dije que faltaba muy poco para vernos. Que dentro de un par de días mamá iba a ir a buscarlo con el coche, y que a medio camino íbamos a parar para comernos una hamburguesa doble. Disimulé mal. Después le pedí que me pasara a la abuela. Cuando mamá atendió el teléfono, lloré durante un rato. No nos dijimos nada. Hasta cuando se calla, mamá sabe qué decir. No voy a llegar a vieja sabiendo tanto. O no voy a llegar a vieja. Después llamé a mi hermana. Por la diferencia horaria, la desperté. Me dio el pésame con la boca pastosa y me habló de aviones, escalas, fechas. Después llamé a varias amigas. Me consolaron con las palabras justas. Dos de ellas vinieron en taxi. De pronto sospeché que, si me habían consolado con tanta propiedad, era porque llevaban meses ensayando qué decirme. Eso me hizo sentir peor. Después pensé en Ezequiel. Le mandé un mensaje y apagué el teléfono.

Mis cuñados me esperaban frente a la entrada del tanatorio. Los encontré discutiendo. La funeraria acababa de llegar, pero había un problema: nos habían traído un ataúd con cruz católica. Un crucifijo enorme a lo largo de la tapa. Yo les aseguré que había encargado uno liso. En realidad no estaba tan segura. Tenía la sensación de estar soñando todas las conversaciones.

A Juanjo le parecía perfecto el ataúd con cruz, como hubieran querido sus padres. Su hermano menor se oponía. El del medio opinaba que quien debía decidirlo era yo. ¿Entonces qué hacemos, señora?, me preguntó el empleado de la funeraria. Yo contesté sin pensar, como si alguien me lo hubiera dictado: Que sea lo que Dios quiera. Juanjo se lo tomó como una burla y se alejó. Le oí murmurar: Y encima de todo, blasfema.

Del velatorio prefiero no opinar. Silencio. Familia. Crematorio.

Busco *velar* en el diccionario. La tercera acepción es absurda: «Pasar la noche al cuidado de un difunto». Como si, en vez de atender a las visitas, atendiéramos al muerto.

Absurda y exacta.


No había leído absolutamente nada desde aquel día. Para qué. Siempre he creído que los libros, todos, hablaban de mi vida. Qué sentido tendría leer sobre algo que ya no me importa.

Pero ayer, en un cajón de su mesita de noche, encontré una novela que Mario había dejado a medias. Y sentí el deber de terminarla. Era una novela de Hemingway, autor al que detesto. La empecé exactamente donde él la había interrumpido. Fue extraño ir deduciendo la otra mitad.


Hoy he vuelto a las pastillas.
He llorado una piedra.


Desde que Lito está en casa, aunque parezca una contradicción, la ausencia de Mario es más evidente. El tiempo que pasé aquí sola tuvo algo de simulacro.

Su excepcionalidad postergaba el regreso a la costumbre. Lo más doloroso son las conversaciones con mi hijo, cuando hablamos de la muerte en la cocina.

Él me pregunta cómo un camión tan grande pudo haberse abollado. Yo le digo que a veces las cosas grandes son las que más se rompen.

Él me pregunta cómo Pedro está igualito que antes, si tuvo un accidente tan grave. Yo le digo que su tío lo ha arreglado muy bien en el taller.

Él me pregunta si va a poder viajar otra vez en Pedro. Yo le digo que a lo mejor más adelante.

Él me pregunta si puede irse con la pelota al parque. Yo le digo que vaya. Pero mi hijo no se mueve de la cocina. Se queda ahí, sentadito, mirándome.

He tirado su ropa. Excepto las camisas, no sé muy bien por qué. Metí todas sus cosas dentro de bolsas de basura, casi sin mirarlas, y las dejé en un contenedor. Subí a casa. Hice la cena. Después de acostar a Lito, bajé corriendo a la calle. Los contenedores ya estaban vacíos.

Una compañera me había recomendado *Los niños tontos* de Ana María Matute. El título me desagradaba un poco. Ahora entiendo por qué me insistió tanto en que lo leyese. La muerte y la infancia rara vez se tratan juntas. Los adultos, ya no digamos las madres, preferimos que la infancia sea ingenua, agradable y tierna. Que sea, en suma, al revés que la vida. Me pregunto si, por evitarles el contacto con el dolor, no estaremos multiplicando sus futuros sufrimientos.

«Era un niño distinto», subrayo mientras pienso en lo que me cuentan las maestras de Lito, «que no perdía el cinturón, ni rompía los zapatos, ni llevaba cicatrices en las rodillas, ni se manchaba los dedos», me cuentan que en los recreos no sale al patio, que no parece interesado en jugar con los demás, que se queda dibujando en un cuaderno o mirando por la ventana, «era otro niño, sin sueños de caballos, sin miedo de la noche», y que a veces se queda callado, muy quieto, con el ceño fruncido, como a punto de sacar alguna conclusión a la que nunca llega.

Pero no me importan mis dudas. Me gustaría cuidarlo igual, protegerlo de todo, abrazarlo en el patio, hablarle como a un bebé, engañarlo, malcriarlo, borrarle toda muerte, decirle: A ti no, hijo, a ti nunca.


Anoche soñé que llegaba a casa (aunque la casa era más grande y tenía un jardín con naranjos), abría la puerta y Mario me recibía disfrazado. Era una fiesta y todos los invitados iban vestidos de esqueletos. Alguien me daba un disfraz. Yo me lo ponía. Entonces Mario me contaba que su muerte había sido una broma, y a los dos nos entraba un ataque de risa, una risa violenta, a sacudidas, y poco a poco las carcajadas nos iban desmontando el esqueleto.


Cada mañana, al abrir los ojos, veo el hospital. Todo está ahí, como una sábana pegajosa. El monitor. Los sueros. La máscara de oxígeno. Las ojeras de Mario. Su sonrisa derrotada. Buenos días, centinela, me decía.

¿Quién necesitaba más ese tratamiento: él o yo? ¿Experimenté con mis esperanzas en cuerpo ajeno? ¿Cómo permití que se lo llevaran? ¿Qué hicimos en el hospital: atenderlo o retenerlo? ¿Los médicos cuidaron de él o de su protocolo, su conciencia? ¿Lo mantuve ahí para demorar mi soledad?

Vuelvo una y otra vez a la imagen de su cuerpo disminuido, sus músculos flojos, su boca entreabierta. Me reprocho no recordarlo más en sus momentos plenos. Me repito que es injusto insistir en su último retrato. Pero el Mario maravilloso, firme, no necesita mi auxilio. Y es como si el otro, el débil, me siguiera pidiendo cuidados retrospectivos. A veces pienso que, a fuerza de volver a él, ese Mario doliente quedará por fin en paz, se sentirá aceptado.

Cuando un libro me dice lo que yo quería decir, siento el derecho a apropiarme de sus palabras, como si alguna vez hubieran sido mías y estuviera recuperándolas.

«Ha empezado a usar gafas de sol dentro de casa», me sobresalto en un cuento de Lorrie Moore, a veces hago lo mismo, con la excusa de mi fotofobia, para que Lito no me vea los ojos. «Ella tiene problemas con los conceptos básicos, como ese que indica que los acontecimientos avanzan en una dirección concreta, en vez de saltar, girar, retroceder», los acontecimientos de la vida nunca avanzan, se rebobinan sin parar, se repiten y borran las interpretaciones anteriores, como hacíamos con las cintas, como hizo Mario con esas grabaciones que no logro escuchar sin medicarme, que no sé cuándo debería darle a Lito.

«Empieza demasiadas frases con *Y si*», yo empiezo cada día rebobinando mis acciones, preguntándome qué habría pasado si lo hubiera cuidado mejor, y si me hubiera dado cuenta antes de que no estaba bien, y si lo hubiera convencido para ir antes al médico, y si hubiera aceptado su primera reacción, y si hubiera apoyado su idea de rechazar el tratamiento, y si hubiera admitido que no estaba funcionando, y si hubiera dejado que se despidiera en casa, y si le hubiéra-

mos dicho la verdad a nuestro hijo, y si, y si. Nadie se
salva del *Y si*. Ningún *Y si* salva a nadie.


Ha llamado.
Hoy. Ha llamado.
Él.


Dijo (ayer, Ezequiel) que no había querido
molestarme antes. (Molestarme.) Que, por respeto,
había preferido guardar silencio. (Respetarme. Él a
mí.) ¿Nos vamos a ver?, dijo. (Vernos. Él y yo.) No sé,
respondí. ¿No sabes o no quieres?, preguntó. No sé si
quiero, respondí. Y le colgué.
 ¿Qué me ofendió exactamente? ¿Su reapari-
ción intempestiva? Pero todo en Ezequiel es intem-
pestivo. Eso fue precisamente lo que me excitó de él.
 ¿O me ofendió que tardase tanto? ¿Que no in-
sistiera desde el primer día? ¿Me molestó su respeto?
¿Su discreción? ¿La posibilidad de que se hubiera ol-
vidado de mí? ¿De que fuera capaz de reprimir las ganas de llamarme, de verme, de ensuciarme?
 Pero si me hubiera llamado desde el primer
día, ¿yo qué habría hecho? Le habría colgado el teléfono. ¿Por lo tanto?
 Por lo tanto, aquí estoy. Esta soy.


¿Qué escribes, tesoro?, me pregunta mi madre, que ha venido a pasar unos días con nosotros.
Nada, respondo, nada. Es bueno que te expreses, dice
ella sonriendo. Y se marcha dejándome una taza de
té. Me pregunto si mi madre se expresa.

¿Llegué a desear que Mario se muriera? Me desperté con esa pregunta. Levanté a Lito con esa pregunta. Mi hijo abrió los ojos y sentí que podía leerla. Lo abracé, lo besé, me escondí en él, me tragué las lágrimas, le dije que estaba resfriada.

Mientras Lito entraba en la escuela, vi cómo volvía la cabeza hacia el coche.

¿Cuál es la diferencia entre compadecerse de un enfermo y desertar de él?

Estuve vomitando entre clase y clase.

Ezequiel no ha llamado.


«Es la idea que se suele tener», protesto con una novela de Javier Marías, «que lo que ha pasado debe dolernos menos que lo que está pasando, o que las cosas son más llevaderas cuando han terminado», y es al revés: mientras las cosas ocurren debemos ocuparnos de ellas, y esa ocupación es su anestesia. «Eso equivale a creer que alguien muerto es menos grave que alguien que se está muriendo», alguien muriéndose al menos te pide ayuda, justifica tu dolor. «Hay gente que me dice: *Quédate con los buenos recuerdos y no con el último*», ¿qué clase de consejo es ese?, ¿no recordamos los libros, las películas, los amores también por el final, sobre todo por su final?, ¿qué desmemoria hace falta para recordar un principio sin su desenlace? «Es gente bienintencionada», es gente imbécil, «que no alcanza a entender que todos los recuerdos se han contaminado», el duelo se propaga por la memoria como una catástrofe ecológica.

«Los efectos duran mucho más de lo que dura la paciencia de quienes se muestran dispuestos a escuchar», me llaman, me preguntan cómo estoy y, cuando les respondo la verdad, se decepcionan o intentan refutarme, como si fuera injusto seguir estando mal

135

con amigos tan buenos, con parientes tan leales. «Cualquier desdicha tiene fecha de caducidad social, nadie está hecho para la contemplación de la pena», ni tampoco de la felicidad: lo único que soportamos en los demás es la monotonía, la tendencia a no existir, «ese espectáculo es tolerable durante una temporada, mientras en él hay aún conmoción y cierta posibilidad de protagonismo para los que miran, que se sienten imprescindibles, salvadores, útiles», ¿pero por qué no nos llamas cuando necesitas ayuda?, me reprochan, ¿para qué están los amigos?, ¿para qué está la familia? Confunden SOS y SSO, lo que yo llamo Servicio Sentimental Obligatorio.

Cuando se muere alguien con quien te has acostado, empiezas a dudar de su cuerpo y del tuyo. El cuerpo tocado se retira de la hipótesis del reencuentro, se vuelve inverificable, pudo no haber existido. Tu propio cuerpo pierde materialidad. Los músculos se cargan de vapor, desconocen qué apretaron. Cuando se muere alguien con quien has dormido, no vuelves a dormir de la misma manera. Tu cuerpo no se deja ir en la cama, se abre de brazos y piernas como al borde de un pozo, evitando la caída. Se empeña en despertarse más temprano, en comprobar que al menos se posee a sí mismo. Cuando se muere alguien con quien te has acostado, las caricias que hiciste sobre su piel cambian de dirección, pasan de presencia revivida a experiencia póstuma. Imaginar ahora esa piel tiene algo de salvación y algo de violación. De necrofilia a posteriori. La belleza que alguna vez estuvo con nosotros se nos queda adherida. También su temor. Su daño.

Prometo no escribir hasta que llame.

Esto te pasa por soberbia.


Por soberbia y puta.


Pero, pero.
Ha llamado. Otra vez.
Y no sólo eso. También me ha suplicado.
Me dijo que soñaba con volver a verme. Constantemente, dijo. En un tono sereno. Me pareció insuficiente. Me negué. Él preguntó qué había hecho mal. Yo me burlé. Le dije si lo preguntaba en serio. Él repitió que sí varias veces, en un tono cada vez más angustiado. Yo le dije que no se preocupara tanto, porque disponía de una legión de viudas a las que consolar. Él me preguntó si estaba tratando de humillarlo. Yo le pregunté si estaba tratando de humillarse.
Entonces lloró. Ezequiel lloró.
Hacía mucho que no sentía un placer tan claro.


Frente a la muerte las emociones se tensan, se estiran, se rompen casi. Van de un dolor paralizante a una euforia hiperactiva. La agonía del otro es más o menos pasajera. Esas emociones contrarias, no. Como si el arco interior de los supervivientes quedara vencido para siempre, capaz de cualquier extremo. De la mayor empatía y la mayor crueldad. De lealtades animales y traiciones de guerra.
Mario dijo en su grabación, no dejo de pensarlo, que las deudas de amor también existían, y que negarlo era engañarse. Que esas deudas no se podían saldar, pero sí callar. Que yo, creí entender, ¿entendí bien?,

había callado sus deudas, así que él iba a callarse las mías.

Me encierro en el baño para escuchar esa parte, vuelvo a escuchar su voz, su voz hablando sola, y no puedo creer que sea una voz sin persona, una primera persona sin nadie, que a mi hijo le esté hablando su padre y Lito no tenga padre, que mi marido hable de mí y en el baño no haya nadie más que yo.

¿Qué supo Mario? Cargo con esa duda.

Duda, deuda.


Él seguía llamando y yo atendiendo. Le decía: No. Y colgaba. Él volvía a llamarme. Yo volvía a atender y le decía: No. Y colgaba de nuevo.

El único mérito de esta persecución enferma es que de golpe, después de varios meses, noté cómo me humedecía. Por primera vez desde que estoy sola. Y pude volver a tocarme. Y llorar mientras sentía. Orgasmos no tuve.

A la siguiente llamada le respondí que, si de verdad quería hablar conmigo, entonces me lo pidiese de rodillas. Que yo necesitaba saber si mi vergüenza y la suya podían compararse. Él dijo que me entendía. Yo dije que lo dudaba mucho. Él preguntó si Lito estaba en casa. Yo le respondí que eso no era asunto suyo. Él me rogó, en un tono de voz muy dulce, que sólo contestara sí o no. Dudé. Empecé a murmurar: No, pero. La comunicación se cortó.

Unos minutos después llamaron a la puerta.

Me complació ver a Ezequiel ahí, arrodillado bajo el marco. Parecía un retrato religioso. Sospeché que estaba siendo sincero porque ni siquiera intentó pasar. Se quedó quieto. Callado. Mirándome. Como un animal manso. Tenía mal color. Menos hombros y más pómulos. Le dije: Has bajado de peso. Él se lo tomó como un cumplido y se le iluminó la cara. Hizo ademán de incorporarse. Enseguida añadí: No me gusta. Él se encogió. Es la única vez que he visto a alguien caer de rodillas estando arrodillado.

Viendo que no lograba convencerme, Ezequiel amagó con poner cara de doctor Escalante. Como si una tuviera algún problema y él pudiese diagnosticarlo. Yo seguí firme. Cuando comprobó que iba en serio, que esta vez no pensaba dejarlo entrar en mi casa, Ezequiel me abrazó una pierna. Una sola. Ni siquiera me moví.

Ezequiel me soltó. Apoyó las manos en el suelo y se puso en pie. Le costó un poco. Me miró fijamente. En ese momento creí que él iba a tener un arranque de amor propio. Que iba a levantarme la voz, increparme o lo que fuese. Pero no: lloriqueó. Y yo confirmé que, si era capaz de hacerse eso a sí mismo, entonces era capaz de hacerme cualquier cosa a mí.

Empecé a cerrar la puerta. Al otro lado, Ezequiel balbuceó que me necesitaba.

Yo detuve la puerta.

Respondí sin asomarme: Eso es exactamente lo que quería escuchar. Y ahora fuera de mi casa. Y no llames nunca más.

Seguí cerrando la puerta. La alfombrita de la entrada hizo ruido al arrastrarse. Tuve la sensación de estar barriendo algo.


Raro volver a escribir. Hace bastante tiempo desde la última vez. Mientras tanto, he tenido que hacerme cargo de unas cuantas cosas. La primera de todas, que el mundo seguía girando como si nada.

Mejor no me extiendo sobre la rutina de las clases (cuando no enseño me aburro, y cuando enseño me frustro), las bondades de mis colegas (¿cómo es posible enseñar Literatura y leer exclusivamente prensa deportiva?), la histeria de las alumnas (¿nunca van a dejar de enamorarse de los compañeros que peor las tratan?), el furor hormonal de los alumnos (algunos todavía me miran las piernas, y a estas alturas debo decir que casi me alivia), el dilema de los exámenes (si pongo notas altas me siento irresponsable, si pongo notas bajas me siento culpable), las ecuaciones a fin de mes (cada vez reviso más los precios en el supermercado), el conflicto de la pensión (usar ese dinero me deprime), el vacío, el vacío.

O hacerme cargo, por ejemplo, de las cenizas de Mario. Eso me comunicaron los burócratas del cementerio. Que, una vez transcurrido el período de almacenamiento, debía *hacerme cargo* de ellas. Así hablaron los burócratas. *Almacenarlas,* dijeron. ¿Pueden ser de alguien unas cenizas? Y, sobre todo, ¿las cenizas son alguien?

Sus medias cenizas, para ser exacta: una mitad para mí, la otra para mis cuñados. Ellos querían plantar un árbol. Yo prefería esparcirlas en el mar. Al final decidimos repartírnoslas. *A partes iguales,* dijimos. La familia es un animal carroñero.

Siempre me ha costado ir a los cementerios. Nos educamos creyendo que madre y padre hay uno solo, hasta que allí comprobamos que hay millones, y todos están muertos. ¿Adónde querrán ir mis padres? ¿Por qué nunca hablo de eso con ellos, con mi hermana? Vivimos en elipsis.

Alguna vez habíamos conversado con Mario de nuestros funerales. Mencionamos esas cosas cuando no significaban nada. Cuando empezaron a importar, fui incapaz de nombrarlas. Lo extraño es que él también. No sé si fue un silencio o una decisión. Tal vez quiso dejarme elegir. Pero esa libertad me pesa demasiado: yo hubiera preferido hacer su voluntad. Permitirme obedecer sus deseos habría sido más generoso que legarme todas estas interrogaciones.

Traté de planteárselo a Lito de la manera más suave posible (¿suave?) para saber su opinión. Su respuesta me conmovió y me dejó confundida, porque venía a darles la razón a sus tíos. Dijo que prefería un árbol, porque las raíces podían crecer y crecer por debajo de la tierra y a lo mejor un día, dentro de muchos años, se tropezaba con ellas. Le he prometido que iremos con el tío Juanjo a plantarlo.

Me pregunto si un muerto puede tener *lugar*. Si señalarlo protege su memoria o, de alguna forma, la limita. ¿De quiénes son realmente esos lugares? De quienes recuerdan. Un lugar para los muertos es un refugio para los vivos. Pero la muerte, para mí, sería más una intemperie. Un traslado constante. Un regreso a cada lugar que pisó o pudo haber pisado el ausente. Siento que no podría *ir* a la muerte de Mario, porque vivo instalada en ella. Porque está disgregada en todas partes y ninguna. Nunca sabremos dónde anda nuestro muerto.

Un árbol se queda quieto. El mar vuelve. Tengo razón.

Pero un árbol crece. El mar no. Tienen razón.

Pero un árbol envejece. El mar se renueva. Tengo razón.

Pero un árbol puede abrazarse. El mar se escapa. Tienen razón.

¿Pero?


Ayer conduje todo el día con mis medias cenizas, con el polvo de Mario en el asiento de al lado. Fui hacia la costa en una especie de silencio receptivo. Como si hubiera estado escuchando al copiloto.

Quería acordarme del mar cuando pensara en él. Lavar los recuerdos finales, limpiar su cuerpo enfermo, inundar de sal ese hospital de mierda.

No sabía exactamente adónde iba. Bordeaba la costa y esperaba alguna clase de señal. Ningún lugar me decía nada, o todos me decían lo mismo. Faltaba poco para que anocheciera. Empecé a angustiarme. Tuve la sensación de que la costa entera me daba la espalda.

Con el paso de los kilómetros, me di cuenta de que en el fondo estaba intentando delegar la elección. Delegarla en cualquier cosa que estuviera más allá de mi voluntad: la casualidad, la magia, la carretera, la urna. Entonces detuve el coche.

Miré el mar incluyéndome en él. Y pensé en Mario. No en el enfermo, tampoco en el padre de mi hijo, ni siquiera en el joven del que me enamoré en la facultad. No en la fusión arbitraria de un nombre, un cuerpo y una memoria. Lo pensé, o repensé, sin mí. Como alguien que pudo no haberme conocido. Que pudo haber tenido una existencia paralela y, aunque suene cándido, que podría nacer en otra parte. En ese momento miré el reloj y pensé: Ahora. No importaba dónde. Era eso, era ahora. El ritual no estaba en ningún lugar, sino en el tiempo que había consumido en busca del ritual.

Tomé el primer desvío que encontré. Era una playa corriente, ni bonita ni fea. No me traía ningún recuerdo en particular. Entendí, me pareció entender, que los lugares invadidos de pasado no dejan entrar nada más. Paré el coche. Salí con la urna. Caminé hasta la orilla. Me descalcé. Miré en todas direcciones. Divisé a lo lejos a varios corredores. Dudé (ahora me parece frívolo, entonces me pareció lógico) si seguir desvistiéndome. Uno de los corredores empezó a hacerse grande. Preferí esperar hasta que pasara. Y mientras tanto me puse, ¿a qué?, ¿a disimular?, ¿a contemplar el paisaje con una urna entre los brazos? Sospecho que eso resultó más llamativo que haberme desnudado. El corredor pasó de largo. Me quité la falda. Comprobé que no estaba depilada. Avancé, me mojé los pies. El agua estaba fresca. El cielo ardía. Eché una ojeada hacia ambos costados. Por un lado de la playa se acercaba otro corredor. Retrocedí rápido, salí del agua, me senté sobre la arena y escondí la urna entre las piernas. El corredor pasó por detrás. Me volví para mirarlo, me miró, y fue alejándose. Me puse en pie. Corrí al mar. Esta vez me metí hasta la cintura, alzando la urna por encima de mi cabeza. No podía ver bien el horizonte, el sol caía a la altura de mi frente. Me adentré más. El oleaje me rozaba los pechos. La luz nadaba. Todo estaba nimbado. Sentí frío y calor. Abrí la urna. Sólo en ese momento reparé en el viento, que me pegaba el pelo a la cara. ¿Así cómo iba a esparcir las cenizas? Pero era tarde para dudar. Estaba donde debía: en el lugar casual, en el instante justo. Introduje una mano en las cenizas. Las toqué por primera vez. Las noté más ásperas y compactas de lo esperado. No me parecieron, en resumen, cenizas. Aunque sí me pareció que en ellas podía estar Mario, o irse Mario. Apreté un puñado. Levanté el brazo. Y empecé.

Yo las lanzaba al viento, ellas volvían.

Mientras las recibía en la cara, hubo ahí, de algún modo, una plenitud. Una, ¿puede decirse?, alegría fúnebre. Sentí que la corriente me envolvía, y a la vez me advertía de un límite. El sol bajó hasta el borde. La luz cayó como una toalla. Que el cielo se deslizaba: esa impresión me dio. Fui vaciando la urna. Me imaginé que sembraba el mar.

No fue triste. Dispersé sus cenizas y reuní mis pedazos.

Ahora sabe nadar, pensé al salir del agua.

Mario

... de Puerto del Este, me acuerdo del paseo marítimo, me acuerdo de esos yates que tanto te llamaban la atención, los ricos siempre llaman la atención, ¿no?, cada vez que veo un yate pienso en quién limpiará el baño, y me acuerdo del sol, las bicicletas, me acuerdo de la gente paseando en traje de baño, rodeada de luz, feliz, feliz, como si no fuera a morirse, tú pasaste entre ellos corriendo, me acuerdo.

El último día del viaje, cómo decirte, para mí fue triste y al mismo tiempo un alivio, ¿entiendes?, lo habíamos logrado, eso no nos lo iba a quitar nadie, o sí, te parecerá absurdo, pero pasé unos nervios terribles mientras nadabas, te miraba desde la orilla y pensaba: ¿y si le da un calambre?, ¿y si este recuerdo lo perdemos de golpe?, cada vez que hundías la cabeza en el agua te juro que, te juro que yo no respiraba, me fijaba en los hombres que tenía cerca, miraba cuáles eran los más fuertes, los mejores para pedirles auxilio, porque, en fin, hijo, no sé nadar, siempre me dio vergüenza decírtelo, hasta que tu cabeza asomaba de nuevo y yo volvía a respirar, por supuesto que no te pasó nada, no podía pasarte, no tenías ningún miedo.

El resto del camino fue más o menos bien, se nos había hecho tarde, tu madre empezó a llamar y encima nos cayó esa tormenta, qué cantidad de agua, ¿no?, me preocupaba no llegar a la cena, esa cena era importante, al final, te confieso, aceleré de más, y para colmo con el asfalto mojado, es raro lo del riesgo, uno vive creyendo que se cuida, que protege lo que más le importa, y entonces aceleras sabiendo que no debes, y después te arrepientes, y la próxima vez aceleras de nuevo, llegué a casa empapado, sin aire, con dolor de cabeza, pero llegué, llegamos, me parece que mamá tenía sus dudas, casi se sorprendió, nos recibió con una cara, lloraba, se reía, nos abrazaba, eso sí, hubo que recalentar la carne, y brindamos los tres juntos, ¿te acuerdas?, hasta probaste el vino, y le contamos a mamá un montón de cosas, tú exagerabas todo, era genial, y te zampaste una cantidad sobrehumana de helado, ¿qué tendrás en la barriga, tiburón con gorra?, y te fuiste a la cama, y nosotros nos quedamos charlando, y por primera vez en meses fumé, y mamá no dijo nada, y después me quedé dormido así, como si me desmayase, y que yo sepa no soñé.

¿Y qué más?, bueno, nada, empeoré y aquí me tienes, fue muy poco después de que te fueras, ¿tú te acuerdas de cómo nos despedimos?, estábamos los dos en la cochera, qué lugar para una ceremonia, ¿no?, mamá iba a llevarte con los abuelos, esperaba sentada, prefirió no bajarse para dejarnos solos, tenías unas tres horas de viaje, yo te miré y te pregunté la hora, y tú consultaste tu reloj con cara de importancia, entonces te di un abrazo, un abrazo largo, y te dije que no te olvidaras de ponerte el cinturón, ya está, eso fue todo, no fui capaz de decirte otra cosa que ponte el cinturón, hasta había pensado un animal para decirte, uno marino, creo, pero se me pasó, me había imaginado muchas veces esa escena, digo yo que así serán las despedidas de verdad, ¿no?, fuera de lugar, torpes.

De lo que no me olvido, mira, es del abrazo, no sé qué habrás sentido tú, bah, me refiero, si habrás sentido algo, en ese momento yo tampoco estoy seguro, lo que sé es lo que siento ahora, al recordarlo, recuerdo muy bien el calor de tu cabeza, el olor a champú, la pelusa que te baja por la nuca, esa vértebra más grande que las otras, tus hombros puntiagudos, y recordando esas cosas, volviendo a sentirlas, es como si me desatara, ¿entiendes?, y de repente dejo de envidiar a los que están sanos, bueno, mentira, sigo envidiándolos, pero además los compadezco, ¿sabes qué me dijo el otro día la madre de una enferma?, que todos, ¿cómo era?, teníamos cuatro dimensiones, que nacíamos terminados, y que, adelante, sí, adelante.

¿Qué te estaba?, ah, lo de las cuatro dimensiones, entonces la mujer me dijo que ya estábamos completos, que nuestra vida contenía desde el principio el nacimiento y la muerte, y que si nos veíamos crecer o envejecer, era porque nos percibíamos poco a poco, ¿te das cuenta?, pero que el niño y el viejo en realidad existen al mismo tiempo, algo así me explicó, a mí me pareció aberrante, su hija está muriéndose y ella trata de, de conformarse, ¿no?, de sentirlo como algo natural, me habría parecido mucho más lógico, yo qué sé, que se pusiera a patear los monitores, a arrancar cables, a pegarles a los médicos, es una cosa, creo, tengo la frente un poco, voy a pedir que traigan el termómetro.

Mamá no quería irse, tuve que insistirle, bah, obligarla, he estado pensando, ¿sabes?, en lo de ayer, en esa pobre señora, antes a mí lo que más miedo me daba era morirme joven, me obsesionaba llegar a viejo, pensaba que me correspondía, qué idiota, ¿no?, lo raro era vivir como vivía cuando estaba sano, la cantidad nunca va a ser suficiente, siempre nos va, digamos, a quedar pequeña, dicen que la muerte perfecta sería durmiendo, sin siquiera notarlo, yo no estoy tan seguro, me parece que prefiero sentirla, quiero vivir esa muerte, es lo único que me queda, no quiero que me la quiten, cuando tengas mi edad, más o menos, puede ser que te sientas protector, y ya no vas a tener un padre al que cuidar, te va a faltar el padre para ser ese hijo, voy a ser una ocasión perdida, así que ahora, bueno, ahora vienen los consejos, me siento un poco ridículo, lo ideal sería que me observaras durante media vida y pensaras: a ver, de este señor equivocado que es mi padre, rescatemos un poco esto y esto, y lo demás que se vaya al carajo, qué le vamos a hacer, no, no podemos.

Diviértete, ¿me oyes?, cuesta mucho trabajo divertirse, y ten paciencia, no demasiada, y cuídate como si supieras que no siempre vas a ser joven, aunque no vas a saberlo y está bien, y que siempre haya sexo, hijo, hazlo por ti y también por mí, hasta por tu madre, mucho sexo, y que los hijos vengan tarde, si vienen, y ve a la playa en invierno, en invierno es mejor, ya vas a ver, me duele la cabeza pero me siento bien, no sé cómo decirlo, y que de vez en cuando viajes solo, y que no te enamores todo el tiempo, y sé coqueto, ¿me oyes?, los hombres que no son coquetos tienen miedo de ser maricones, y si eres maricón, sé un hombre, en fin, los consejos sirven de poco, si no estás de acuerdo no los escuchas, y si ya estás de acuerdo no los necesitas, nunca confíes en los consejos, hijo, un agente de viajes recomienda lugares a los que nunca va, me vas a querer más cuando envejezcas, pensé en mi padre en cuanto nos bajamos del camión, el verdadero amor por los padres es póstumo, perdóname por eso, ya me siento orgulloso de lo que vas a hacer, me encanta cómo cuentas las horas con los dedos cuando pones el despertador, ¿o te crees que no te veo?, lo haces a escondidas, por debajo de la manta, para que yo no sepa que te cuesta hacer la suma, voy a pedirte un favor, pase lo que pase, por muchos años que tengas, no dejes de contar las horas con los dedos, promételo, pulpo.

Se está haciendo de noche ahí, en la ventana, ya va a venir mamá, mañana sigo, tengo hambre, tengo sueño, hay una enfermera nueva que se parece mucho a tu madre cuando era joven, se llama Alicia, es muy simpática, me va a conseguir pasta aunque el menú sea pollo, Alicia es un buen nombre para una chica, ¿no te parece?

Lito

Abro los ojos. El sol me da en la cara. Papá está quitando los plásticos de las ventanillas. Vuelvo a cerrar los ojos. Me acuerdo de que estaba soñando algo muy raro. Íbamos al mar. ¿Quiénes? En realidad me parece que iba solo. Me acercaba a la orilla. Y empezaba a arrancar tiras de agua. Como si fuera la piel de un animal. Debajo del mar estaba enterrado el sol. Cuantos más pellejos le arrancaba al mar, más luz encontraba. Después aparecía un pescador. O alguien con una especie de grúa. Y se iba llevando los pedacitos de mar. Entonces papá quitó los plásticos.

Buenos días, marmota preguntona, me saluda papá con una rebanada de pan en la mano, ¿jamón o queso? ¿Y tomate?, pregunto. No nos queda, contesta él. Despego el cuerpo de la litera. Me estiro. Jamón y queso, gracias, digo bostezando. Oye, papá, ¿a ti no te duele la espalda? Yo, contesta él, ya no tengo espalda.

Pasamos un cartel que dice: Valdemancha. Este último día de viaje me está pareciendo el más corto. Vamos con la radio bien alta. Sigo el ritmo de la música con las piernas. Papá casi no habla. Me pongo a contar los coches que nos cruzamos. De repente se me ocurre una idea. Papi, digo, ¿podemos ver el mar? Él no contesta. No sé si me ha escuchado. Ni siquiera parpadea. Pero de pronto dice: Podemos. Y cambia de carril. Y gira en la primera salida.

Comemos en Tres Torres. Papá me cuenta que el pueblo se llama así porque tenía tres castillos. Pero ahora queda uno solo. ¿Y por qué no le cambian el nombre?, pregunto. Marmota preguntona, me contesta. Papá despliega un mapa sobre la mesa del bar. Señala el desvío que estamos haciendo. Marca con un lápiz la ruta por la que íbamos a ir. Y en tinta roja la ruta por la que estamos yendo. Calcula el tiempo que debería llevarnos cada parte. Escribe una hora en cada lugar. La línea roja recorre la costa haciendo zigzag. Ahora papá parece entusiasmado. Así, dice, no vemos lo mismo que a la ida, ¿no te parece? Yo contesto que sí sonriendo. Me encanta que hagamos planes.

Desde que estamos yendo al mar no dejo de concentrarme. Presto mucha atención al cristal de Pedro. En cuanto veo una nube miro los parabrisas y me imagino que la barren. Hasta ahora me está saliendo bien porque el cielo sigue despejado. Por esta carretera sí que hay coches. Tenemos que esquivarlos todo el tiempo. Lástima que a papá no le gusten los videojuegos. Si él quisiera batiría mi récord. O por lo menos lo empataría.

El olor es distinto. Ni siquiera hace falta abrir las ventanillas. El mar nos entra igual. No sé por dónde. Pero entra. Lo veo aparecer y desaparecer entre las curvas. Brilla muchísimo. Como millones de pantallas. No es azul. Ni verde. Es yo qué sé. Color mar.

¡Por fin! Por fin llegamos a Puerto del Este. Se ven muelles y veleros. Está lleno de gente. Hay niños comiendo helados. Me parece que papá mira a las chicas. A mamá los bikinis no le quedan así. Pasan también ciclistas. Las bicis de carrera son geniales. Sobre todo para ir con casco y todo. Cuando cumpla once años voy a pedir una. Avanzamos despacio. No hay lugar para Pedro. Nos vamos de los muelles. Veo un camping. Veo redes de vóley. Damos vueltas y vueltas. Paramos en un descampado enfrente de la playa. En cuanto papá abre las puertas, salgo corriendo.

Tengo la piel toda fría y salada. Las piernas se me quedan pegadas al asiento. Lito, dice papá mirándome de reojo. Sécate bien el pelo. Que te vas a resfriar. Pero si aquí dentro hace calor, contesto. Papá insiste. Resoplo. Además, el que siempre se resfría es él. Por eso no se ha bañado. Despego las piernas, ¡auh!, estiro un brazo y agarro la toalla del asiento de atrás. Me froto la cabeza. Bien fuerte. Hasta que de repente el corazón me da un salto. ¡La cabeza! ¡Mi gorra! Busco por todas partes. Revuelvo entre las cosas de la playa. En las bolsas. En la guantera. Debajo del asiento. No puede ser. No puedo haber perdido la gorra del mago. ¿Pero cómo?, ¿dónde?, qué estúpido (hijo, dice papá, ¿qué pasa?), soy el más estúpido del planeta, conseguir otra igual es imposible, hay muchas gorras, claro, pero esa, justo esa (hijo, dice papá, ¿necesitas algo?) no hay dónde comprarla, ¿habrá sido en la playa?, ¿en el camión no la llevaba puesta?, entonces tendría que estar aquí (ponte de nuevo el cinturón, dice papá, Lito, ¡ya mismo!, gracias), ¿o fui tan bestia de meterme en el agua con gorra y todo?, eso podría ser, porque salí corriendo, ¿o se me cayó mientras corría?, no lo puedo creer, me odio, me odio, y ahora encima, qué vergüenza (Lito, ¿pero qué?, dice papá bajando la velocidad, ven, no, no llores), no es solamente la gorra, también lloro porque es imposible que papá entienda, que entienda lo especial que era esa gorra (hijito, espera, ven aquí, dice estirando un brazo y abrazándome), me agarro fuerte a él, escondo la cara en su camisa (cuánto lo siento, suspira acariciándome, cuánto lo siento), y de pronto parece que papá va a ponerse también a llorar por mi gorra.

Me enderezo. Me seco la nariz. Y se lo cuento. Aunque me dé vergüenza. Papá está de acuerdo en que seguramente se me voló en la playa. Trata de consolarme haciéndose el gracioso. A lo mejor la gorra de verdad era mágica, dice, y salió volando por su cuenta. Me enfado. Me río un poco. Lloro otro poco. Y me tranquilizo. Papá acelera de nuevo. Acerco una mano a su cabeza. Le toco la nuca. Las orejas. La calva. De pronto me entran ganas de hacerme un corte igual. Papi, digo, ¿y si este verano me rapo? Él aleja la cabeza. Lo pensamos, me contesta, lo pensamos.

Merendamos en una cafetería llena de espejos. Tiene una barra larguísima. En los espejos parece todavía más larga. No sé bien dónde estamos. Frente a la puerta hay camiones parecidos al nuestro. Así que supongo que ya hemos vuelto al camino de antes. Pido un vaso de leche caliente y una tostada con mermelada y un cruasán de chocolate. Papá pide un café solo. Hace unos días yo estaba un poco cansado de viajar. A veces pensaba en volver a casa. En ver a mamá. En tener de nuevo mis juguetes. Ahora me da pena que se termine el viaje. Papá se levanta para hacer una llamada. Lo veo moverse por los espejos. Me hace señas para que me quede aquí sentado. Ojalá no tarde mucho. Es pesadísimo esperarlo. Termino de merendar. Miro alrededor. Todos los demás parecen estar haciendo algo. Menos yo. Al fondo hay una tienda donde venden quesos, diarios, discos y esas cosas. Me gustaría ir a verla. Pido otro vaso de leche. De pronto papá aparece en la tienda. Como si hubiera entrado por uno de los espejos. Al rato vuelve. Paga. Y me pregunta si nos vamos.

Miro las rayas de la carretera tratando de no parpadear. Parece que se mueven. Me imagino que alguien nos dispara esas rayas. Un tanque repleto de soldados vengadores. Un coche de carreras con un cañón láser. A papá ya no le digo estas cosas. Se pone a hablarme de las víctimas de las guerras y yo qué sé. En eso papá se ha vuelto más aburrido. Antes mamá me daba los discursos de la paz. Y papá le decía: Mejor déjalo, Elena, así descarga. En cambio ahora papá me da los discursos de mamá. (Lito.) Y ella se asusta menos. (Lito.) Se ha acostumbrado un poco. (Lito, querido.) Salvo con la comida. (Hijo, te estoy hablando.) A lo mejor papá está así porque viajamos. Ya veremos en casa. (¡Eh! ¿Me escuchas?)

Sí, sí, contesto. Papá sonríe. ¿Me pasas las gafas?, dice, no, las otras, ahí, gracias. Le doy sus gafas. Se queda mirándome. ¿No has visto nada?, pregunta. ¿Dónde?, digo. En la guantera, hijo, en la guantera, contesta él. Ahí hay muchísimas cosas. Papeles. Carpetas. Cables. Herramientas. Discos. Ábrela de nuevo, dice papá. Uf. Vuelvo a abrirla. Y entre todas las cosas veo un paquetito. Un paquetito envuelto en papel de regalo. No espero a que papá me diga nada más. Me lanzo. Rompo el papel de regalo. Y casi rompo el estuche. Y por fin consigo abrirlo. Y lo veo, lo veo, lo veo. Y lo saco del estuche y lo levanto y lo miro de cerca y me lo pongo. Es increíble tener puesto un Lewis Valentino. Con pantalla sumergible. Luz. Número de día. Todo. Después me acuerdo de abrazar a papá.

Reconozco estas rocas. El suelo todo seco. Tucumancha. Los bordes de la carretera están muy cerca. Papá me pregunta la hora. ¡Ajá! Giro despacio la muñeca. Miro bien las agujas de mi reloj. Aprieto por si acaso el botoncito de la luz. Y le digo la hora exacta. Con minutos y segundos. Papá dice: Es tarde. Y acelera. Yo, la verdad, prisa no tengo.

A los costados van volviendo los árboles. Y el campo. Y los animales. La carretera es más ancha. Pedro corre. El teléfono de papá suena. Él me dice: Contéstale que ya estamos cerca. Y que en un rato la llamo.

Leo:

*Mi sol cuánto falta? Estoy* (papá acelera más y enciende las luces) *impaciente por verte. Cómo va papi?*

*He preparado* (tomamos las curvas rápido, el cuerpo se me va para un costado) *una cena súper rica de bienvenida! Te* (la hierba cambia de color, cuanto más corremos más amarilla se pone, o marrón) *quiero mucho muchísimo* (abro la ventanilla para ver mejor, asomo la cabeza y papá me la cierra).

Tecleo:

*tamos crk dice pa q ahr t yama bss.*

Pasamos Pampatoro. Empieza a hacerse de noche. Todavía queda un poquitín de sol. Como con vapor adentro. Se ven sombras de árboles. Nos cruzamos con luces. Los animales casi no tienen cabeza.

De pronto en el cristal veo una gota. Y otra. Y otra. Una fila. Varias filas. Un remolino de gotas. Es raro. Rarísimo. Yo estaba muy contento. Me concentro en los parabrisas. Me imagino que van barriendo el cielo. Que golpean las nubes como pelotas de tenis. Y que las nubes caen al otro lado del campo. Lejos. Los parabrisas empiezan a moverse. En el cristal se forman charquitos y se rompen. No puede ser. Me pongo a pensar en cosas divertidas. Me acuerdo de chistes. Sonrío a propósito hasta que me duelen las mejillas. Canto. Silbo. Trato de imaginarme una luna redonda. Como un plato bien limpio. El cielo se oscurece. Las nubes se llenan de manchas. El techo del camión hace más ruido. El cristal se inunda. Los parabrisas van cada vez más rápido. No puede ser. Le pregunto a papá por qué llueve tanto. Él me toca el flequillo. El cristal está borroso.

De repente me doy cuenta. *¡Peter - bilt!*

Elena

Un bosque en mi biblioteca y un desierto en mi casa. Pero, por muy lejos que me adentre en el bosque, siempre me topo con el mismo desierto. Como si todos los libros del mundo, sea cual sea su argumento, me hablaran de la muerte.

Historias, historias, historias. Refugios, desvíos, atajos.

Cómo le hubiera gustado a Mario este libro con cartas entre Chéjov y la actriz Olga Knipper, cónyuges a distancia. Él siempre de viaje, ella siempre en el teatro. Los dos hablando de futuros reencuentros. Hasta que la correspondencia se interrumpe. Y hacia el final, de pronto, como una improvisación en medio de un escenario vacío, ella comienza a escribirle a su difunto esposo. «Así, mientras te escribo», se dice, le dice, «siento que estás esperando mi carta».

Si la muerte deja todas las conversaciones interrumpidas, nada más natural que escribir cartas póstumas. Cartas al que no está. Porque no está. Para que esté. A lo mejor escribir es eso.

¿Estás de acuerdo? Tengo tanto que contarte. Y hasta mucho que preguntarte.

Digamos que has dicho que sí.


Querido Mario, he puesto una foto tuya en la sala de estar. Escribo *sala de estar* y me doy cuenta de hace cuánto no estás mientras comemos, descansamos, vemos televisión. Hacerse compañía no consiste en presenciar grandes momentos. La verdadera compañía es lo otro. Compartir un sincero no hacer nada.

Te puse en un estante alto de la biblioteca, cerca de la ventana, para que respires o te distraigas un poco. Hasta hace no mucho me sentía incapaz de ver tus fotos. Era como acercar la mano a un objeto cortante. Me mirabas a los ojos tan confiado, tan descaradamente vivo. Esas fotos me provocaban un efecto de irrealidad en sentido opuesto: lo que no podía ser, lo inverosímil, era el exterior del retrato. No tú de aquel lado, sonriendo. Nosotros aquí, ahora. Esta casa a medias.

Antes, cuando repasábamos juntos mis fotos de novia en bikini, delgadísima, con melena, con los pechos firmes, me sentía ultrajada. Como si me tocaran el culo y, al volverme, no hubiera nadie. Últimamente necesito regresar a nuestras primeras imágenes, espiarnos jóvenes. Viéndonos alegres, sin sospechar el futuro, tengo la impresión de recobrar una certeza. Que el pasado no fue invención mía. Que anduvimos ahí, en algún lugar del tiempo.

Ahora que vuelvo a contemplarte hermoso, me pregunto si te celebro o te niego. Si te recuerdo como fuiste o si te olvido enfermo. Pensándolo desde hoy (si el dolor es pensable y no se dispersa como un gas cuando la razón lo aprieta), lo más injusto de la enfermedad fue la sensación de que aquél ya no eras tú, de que te habías ido. Y no: ese, eso, era mi hombre. Tu cuerpo gastado. Lo último tuyo.

Cuando te coloqué entre los libros, Lito se acercó, se quedó mirando el portarretratos y no dijo nada. Al cabo de un rato entró en su cuarto y salió con una pelota.

Me acuerdo, ¿te acuerdas?, ¿retendrán algo, de alguna forma, los ausentes?, de cuando nos cruzábamos por la facultad. Ibas con las manos en los bolsillos del vaquero, saludando a las chicas al pasar, como si hubieras venido de visita. Nos mirabas con cara de asaltante proletario. Yo destrono princesas, parecías decirnos. Te paseabas entre los pupitres con aire de conocer asuntos mucho más urgentes que el latín. Eso era lo que me irritaba. Eso fue lo que me sedujo. Por mucho que presumieras de lo contrario, a ti estudiar te gustaba. Lo que no te gustaba era ser alumno. «Leerme todo eso, vaya y pase», me decías. «Pero tener que demostrárselo a un imbécil con traje», protestabas, coqueteabas, «eso me indigna». Qué mentiroso, qué guapo me parecías.

Y yo, mientras, yendo a clase de lunes a viernes. Tomando apuntes limpios. Estudiando los sábados (¡pero qué estúpida!). Terminando con nota la carrera. Aprobando pronto las oposiciones. Creyendo que así obtenía alguna certeza entre tantas posibilidades que me intimidaban. Solíamos decir que yo tenía una vocación más clara que la tuya. No era toda la verdad. Una vocación es una misión permanente. O sea, una manera refinada de evitar lo desconocido. A ti lo desconocido no te asustaba. Se me ocurre que por eso te has muerto antes.

Y me acuerdo de cuando te aburrías planificando viajes para otros, y fantaseabas con renunciar en la agencia, y tu hermano te insistía en que probaras con Pedro. Qué ocurrencia. Poco a poco me acostumbré a ese nombre. Hasta llegué a pensar en Pedro cada vez que veía un camión. Eso nunca te lo dije. Como tú tampoco me dijiste que, un buen día, dejaste de pagar el seguro del coche. Me enteré la semana pasada, cuando quise contratar otro seguro más barato. ¿Adónde iba ese dinero? ¿Qué pasó con el plazo fijo que teníamos? Ya no importa. Secreto por secreto.

«Una noche, mientras esperaba a que lo matasen de un momento a otro», resoplo en una novela de Irène Némirovsky, «había visto la casa en sueños, como ahora, a través de la ventana», algunas noches yo también te veo, encaramado a la ventana de nuestro dormitorio, mientras el libro se me resbala de las manos, te veo fumar en el balcón, entrecerrando los ojos a la vez que yo, y todo va oscureciéndose, y tú eres una brasa que se enciende y se apaga, «se había despertado de un sobresalto», el libro cae al suelo, abro los ojos de repente, miro al balcón, no hay nadie, «y había pensado: Sólo antes de la muerte se puede recordar así».

Hoy, al consultar mi cuenta corriente, me encontré más dinero que ayer. Me quedé sosteniendo el papelito, haciendo cálculos, sumando días, restando gastos, inmóvil frente al cajero. No era día de cobro. Nadie me debe nada.

En casa revisé los saldos de los últimos meses. Los imprimí: una cuenta regresiva y un pico repentino. Me imaginé un avión cayendo al mar, y al piloto despertándose de golpe.

La transferencia carecía de ordenante. El concepto estaba en blanco. Escribí a mi banco para identificar la cuenta de origen. Durante un parpadeo, el corazón se me detuvo: eran tus apellidos.

El nombre era el de Juanjo.

Cuando te conocí, tenías la costumbre de viajar cada verano. Tomabas decisiones de golpe. Ibas y venías. Ya vivías como en una agencia de viajes. Siempre fuiste más aventurero que yo. Pero toda epopeya tiene su cocinera. Porque para salir a la aventura, y este problema existe desde Homero, los héroes necesitan que alguien los admire, los espere.

Y la que se quedaba aquí estudiando, mientras tú reflexionabas sobre la libertad del nómada, era esta tonta.

Que vuelve a tener ansias de que una buena verga le llene el culo de olvido.

Soy así, perra: para perdonar algo, necesito arrepentirme de algo peor.


Acabo de sobrevivir a una película de Susanne Bier, terrible como todas las escandinavas, en la que un niño dice:

«Los adultos muertos parecen niños. Mi madre parecía una niña. Como si no hubiera crecido. Como si nunca hubiera sido mi madre.»

Tratando de explicar lo inexplicable, el médico le dice:

«Entre los vivos y la muerte hay una cortina. A veces esa cortina se levanta. Por ejemplo, cuando pierdes a alguien querido. Entonces, por un momento, ves la muerte muy claramente. Después la cortina vuelve a caer. Sigues viviendo. Y se pasa.»

El niño sólo responde:

«¿Estás seguro?»


Sorpresa: ha venido mi hermana. ¿Puedes creerlo?

En realidad, la semana pasada me avisó de que había reservado los vuelos. Pero, como ya sabes que suele cambiar de planes a última hora, no di por hecha su visita hasta que la vi en el aeropuerto. Hacía bastante que no nos tocábamos. En la pantalla no se distinguen bien las canas ni las patas de gallo, los bultos en la cintura, el volumen de las caderas. La vi desmejorada. Me pregunto cómo me habrá visto ella, ahora que no soy más la pequeña sino la viuda.

Desde tu enfermedad, no me extraña enterarme de las desgracias ajenas. Reacciono como si ya me las hubieran contado. Lo que me choca es que las vidas de los demás sigan igual que antes. Eso sentí cuando abracé a mi hermana y, después de tanto tiempo, ella sonrió con incomodidad y me dijo que sí, que bien, que como siempre.

En cuanto subimos al coche, se interesó por Lito. Lo llama *mi sobrino* y apenas lo conoce. Antes de que llegara, se me ocurrió mostrarle a nuestro hijo algunas fotos de su tía. Y me di cuenta de que no la identificaba muy bien. En cuanto aparecía más joven o con el pelo diferente, dejaba de reconocerla. Al principio me impacienté con él. Le levanté la voz, le reproché que nunca prestara atención, no le dejé que comiera chocolate. Después me acusé a mí misma por haber restringido el trato familiar, por haberme interpuesto en la relación de Lito con tus hermanos. Después me ofendí con mi hermana por eso que en teoría nunca me ha preocupado: que llame poco, que apenas escriba, que no nos visite más. Al final sospeché de dónde provenía mi rabia. Si a nuestro hijo le había costado reconocer a su tía, eso significaba que, dentro de algún tiempo, iba a empezar a dudar de tu cara.

La fraternidad es un vínculo desconcertante. En un segundo, puede transportarnos de la distancia más siniestra a una total identificación, y viceversa. Mientras íbamos juntas en el coche, cambiando de tema como se cambia de canal en busca de un programa ameno, algo se aflojó en mí. Ese músculo defensivo que reacciona cada vez que nos reencontramos. Estuvimos de acuerdo un par de veces, nos reímos un poco. Entonces despegué los ojos de la autopista y la miré de nuevo, sin suspicacias. Me sorprendí pensando que había envejecido bien. Soy yo la que se mira aterrada en ella, como si mi hermana mayor fuese el calendario de mi próxima década.

Desde que ha aterrizado, se esfuerza en tratarme con cierto énfasis protector. Quizá todavía se sienta culpable por no haber venido cuando te moriste. En realidad no debería: yo misma le insistí en que no iba a llegar a tiempo al velatorio. Intuyo que ella desea tocar el tema, pero no le doy pie. Sé qué diría cada una. He escuchado esa conversación, hablando sola, muchas veces. Discutir con mi hermana es como gritarle a un espejo cóncavo. No reconozco a la persona que está enfrente, pero me resulta inquietantemente parecida.


«Yo era una mujer casada», empieza recordando una novela de César Aira. «Siempre se vacila», subrayo, «en hacer desaparecer las pruebas de algo que pasó», lo que pasó es lo único que tenemos ahora, y está destinado a perderse. «Casi todo lo que pasa apenas si deja huellas en la memoria», la memoria es una piel delicada, la piel tiene memoria corta, «y la memoria no es de fiar, ni siquiera creíble». Borré todos tus correos electrónicos, tus mensajes de texto, tus archivos de trabajo. No noté ningún alivio.

«Era mi manualidad contra el pensamiento», hacer para no pensar, para no pensar qué hacer. «La voluptuosidad que sentía al internarme en mis laberintos mentales me hacía saber que era un terreno peligroso», todo laberinto es peligrosamente íntimo, «pero ese sentimiento no hacía más que aumentar el placer, y la culpa, que eran una sola cosa», hasta que esa voluptuosidad dejó de depender de lo que hiciese con Ezequiel. Ya estaba en mí, como una secuela médica.

Necesitaba que alguien lo escuchara. Acabo de contarle a mi hermana lo que ya sabes, lo que nunca supiste. O sí.

Estábamos las dos en el dormitorio. Nos hacíamos trenzas como cuando éramos niñas. Como nuestros veranos en el chalet de la playa. Una apoyaba la cabeza en el vientre de la otra, se dejaba acariciar el pelo, y después intercambiábamos los puestos. Conversábamos en esa voz bajita en la que una es capaz de soltar lo primero que le viene a la mente. Así le confesé lo de Ezequiel. Mi hermana me hacía trenzas. Noté cómo su vientre se tensaba. Apenas respiró mientras hablé. Expulsaba el aire despacio, igual que en los ejercicios prenatales. Como era de prever, se escandalizó. Cosa que, a su manera, ella también necesitaba hacer. Mi hermana comprende muy bien los asuntos inmorales, a condición de que antes quede claro que jamás incurriría en ellos.

Debo reconocerle que no hizo ademán de juzgarme hasta que terminé mi relato. A continuación, ella se declaró «físicamente incapaz» (cita textual, querido) de tener un amante. Y muchísimo menos, añadió modulando la voz con ejemplaridad, en una situación como la que tú y yo habíamos pasado. «Una situación», dijo. Me dieron ganas de arrancarle el pelo. Le respondí que era justo al revés. Que, físicamente hablando, lo natural era tener un amante. Y muchísimo más, especifiqué irguiéndome, en situaciones desesperadas.

Hasta ahí llegaron mis argumentos. Después apareció mi propia, inconfundible basura. Discutimos un rato. Hasta que se me ocurrió decirle: Ya bastante problema tienes con tu marido, que lamentablemente está vivito y coleando.

Mi hermana salió del dormitorio sin pronunciar una palabra. Escuché que movía cosas. Y la puerta al final del pasillo. Minutos después recibí un mensaje (uno típico suyo: correcto, digno, insoportable) comunicándome que se marchaba a visitar a nuestros padres.

Miserable, respondí: *Seguro que con ellos te portas bien.*


«Una pena demasiado visible no inspira piedad», confirmo en un ensayo de Philippe Ariès, «sino repugnancia». Toleramos, incluso nos agrada que los demás sufran, pero no hasta el punto de que nos salpiquen, eso ya «es un signo de desorden mental o mala educación». «Dentro del círculo familiar todavía dudamos, por miedo de impresionar a los niños», aunque si supiéramos educarlos, los niños deberían impresionarse por lo contrario, por la ausencia de un dolor evidente ante la pérdida de un ser amado. «Sólo tenemos derecho a llorar», sólo nos concedemos tal derecho, «si nadie nos ve ni nos oye», encerrados en nuestro cuarto, doblemente encerrados, «el duelo solitario y vergonzoso es el único recurso, como una masturbación», además de vergüenza, ¿hay placer ahí?, «la comparación es de Gorer», no sé quién será, pero quiero una cita con él.

Busco a Gorer, lo encuentro, quiso ser escritor, no lo logró (bienvenido, Geoffrey), se hizo antropólogo, investigó a Sade (así que un sádico) y terminó estudiando el sexo en el matrimonio (exacto, un sádico). Localizo la cita, «hoy la muerte y el duelo son tratados con la misma mojigatería con que en el siglo diecinueve se trataban los impulsos sexuales», ¿lo mojigato entonces es sufrir a escondidas, masturbarse el dolor?, «de manera que ya no necesite expresión pública», que no manche la ropa ajena, «y sea, como mucho, satisfecho en privado, furtivamente», nunca me han presentado a ningún Geoffrey.


Querido mío, aquí la loca de tu viuda.

¿Vamos al grano?

A veces, de noche, sola en nuestro dormitorio, tengo la tentación de buscar a Ezequiel. Gozo imaginando que lo hago. Y sé que volvería a hacer todo lo que hice.

Más que por remordimiento, no lo llamo por orgullo. Al fin y al cabo, yo misma le prohibí volver a vernos. ¿Cómo pudo obedecerme tan pronto?

El afán de coherencia de los hombres me espanta.


Mensaje de mi hermana:

*Ma y pa han vendido chalet playa. Supongo ya sabías. Me hubiera gustado q me contaras. Besos de los 3.*

No, no sabía.

Parecía que siempre estaban bien.


¿Y no hubiera sido mejor pensarlo un poco más?, le insistí, pasamos tantos buenos veranos en ese chalet. La situación, querida, me explicó mi madre, no estaba para muchas dudas, las facturas eran muy altas, necesitaba reformas, ya ni siquiera podíamos mantenerlo. ¿De verdad?, pregunté, ¿y por qué no me lo dijiste? Porque no nos preguntaste, respondió mi madre tranquilamente.

Lito acaba de volver de la escuela con un labio partido. Está feliz. Dice que está aprendiendo a hacerse respetar.

A mí me horrorizó verlo con sangre en la boca. Pero supuse que, si le confesaba mi espanto, él iba a descartarme. Sé que hay asuntos de machos que sólo entienden los machos, y todo ese discurso de mierda. Así que me forcé a comportarme con naturalidad. Te juro que sonreí, ¡sonreí frente a nuestro hijo herido!, con tal de que me contase.

Cuando vio que estaba de su lado, Lito me explicó con todo detalle cómo había transcurrido la pelea. Cuáles habían sido los insultos de cada uno. En qué lugar del patio habían empezado a pegarse. De qué manera había golpeado al otro. Su relato parecía una crónica deportiva. Yo respiraba hondo para no marearme. Mientras le curaba el labio, como quien no quiere la cosa, le pregunté de quién se había defendido con tanto éxito.

Cuando pronunció su apellido, tuve que contenerme para no llorar. A ese niño lo conozco. Es apocado. Enclenque. Uno de los más bajitos de la clase. Alguna vez he hablado con su madre, que vive obsesionada con que no se lastime. Al pobre le cuesta trabajo aprobar Educación Física. A ese estuvo pegándole Lito hasta sentirse mejor.

Ahora explícame. Tú. El padre. El hombre. ¿Qué demonios hace una con estas cosas? ¿Qué te contaba tu hijo sobre la escuela? ¿Tú cómo reaccionabas? ¿Le dabas un discurso pacifista? ¿Le mentías? ¿Le enseñabas a pegar? ¿Le contabas lo mucho que de niño te gustaban las peleas? ¿Cómo se te ocurre quedarte ahí, muerto?

He empezado dos libros de Christian Bobin, los alterno como auriculares con una música distinta para cada oído, leo en estéreo.

Me deprimo subrayando el primer libro:

«El acontecimiento es lo que está vivo, y lo vivo es lo que no se protege de la pérdida.» ¿Entonces la pérdida es el verdadero acontecimiento?

Me río subrayando el segundo libro:

«Las jóvenes madres tienen aventuras con lo invisible. Y, como tienen aventuras con lo invisible, las jóvenes madres terminan volviéndose invisibles. El hombre ignora que tal cosa ocurre. Esa es, incluso, la función del hombre: no ver lo invisible.» ¿Entonces el hombre invisible es el verdadero hombre?


Seamos sinceros. Toda sinceridad es un poco póstuma. La vida cotidiana de tu hijo, para ti, era una especie de serie favorita de la que siempre te perdías media temporada: la seguías con interés, sin captar del todo el argumento. Pero te tocó el padre que te tocó. Y con esa coartada ya salías airoso.

Me acuerdo de una vez, con tu madre, en la cocina. Estábamos cortando verduras para la sopa. Tu madre era increíble con el cuchillo: jamás he vuelto a ver unas rodajas tan transparentes. Tú estabas con tu padre y tus hermanos fumando en el salón. De pronto se fue la luz. Tu madre encendió una vela y salimos juntas al pasillo. Ese pasillo angosto de la casa de tus padres. Abrió la caja eléctrica, acercó la vela y me señaló un fusible que acababa de saltar. Cerró inmediatamente, sin tocarlo. Y volvimos a la cocina. Desde ahí escuchamos el vozarrón de tu padre, sus pasos mezclados con los tuyos, el ruido de la caja eléctrica abriéndose. A veces, me susurró tu madre a la luz de la vela, hay que dejarlos que crean que solucionan las cosas.

Estaba con el teléfono en la mano, recostada en la cama, respondiendo unos mensajes, vi su nombre en mi lista de contactos y, de golpe, sin proponerme nada, pulsé el número de Ezequiel.

Sonó el buzón de voz. Colgué.

Ni siquiera ha devuelto la llamada.

¿Ahora qué edad tengo?

Cuando veo a dos besándose, creyendo que se aman, creyendo que durarán, hablándose al oído en nombre de un instinto al que dan nombres elevados, cuando los veo acariciarse con esa avidez molesta, con esa expectativa de encontrar algo crucial en la piel del otro, cuando veo sus bocas confundiéndose, el intercambio de sus lenguas, sus cabezas recién duchadas, las manos revoltosas, las telas que se frotan y levantan como el más sórdido de los telones, el tic ansioso de las rodillas rebotando como muelles, camas baratas, hoteles de una sola noche que más tarde recordarán como palacios, cuando veo a dos idiotas ejerciendo impunemente su deseo a plena luz, como si yo no los mirase, no sólo siento envidia. También los compadezco. Compadezco su futuro podrido. Y me levanto y pido la cuenta y les sonrío de costado, como si hubiera vuelto de una guerra que ellos dos no imaginan que está a punto de empezar.

Te confieso que a veces me he sentido celosa. No de otras mujeres que quizá conocieras. Celosa por nuestro hijo. Sé que es feo. Yo soy fea.

Cuando Lito habla de ti, cuando a medias te recuerda y a medias te inventa, me doy cuenta de que es un huérfano con dos padres. El padre que tuvo, de carne y dudas. Y ese otro padre fantasmal que ahora tutela sus andanzas y, por brutas que sean, se las festeja. Según parece, esa segunda versión de ti comprende a nuestro hijo mejor que nadie. Cuanto menos te conoce, más te admira.

De vez en cuando, con cierto temor por debajo de la curiosidad, Lito me pregunta por el accidente, porque nosotros siempre lo llamamos *El accidente*, como el título de una película que no supiéramos de quién es, y cuando nuestro hijo dice *El accidente* me tienta creer que morirse es eso, algo que te ocurrió por mala suerte y que nunca va a tocarnos a nosotros, a él no puede tocarle, es mi hijo, es inmortal.

Nos educamos repitiendo que los hijos mantienen un lazo umbilical con sus madres. Yo quiero merecer la adoración de mi hijo, no sobreentenderla por haberlo parido. Esa es la diferencia entre una madre y una mamífera. La ternura por el padre sólo se alcanza con el tiempo. Se conquista. Eso es lo que te envidio. Imagínate ahora, que además eres papá fantasma.

¿Te ríes, querido? Vete a la mierda.

¿Necesitas dinero?, me preguntó mi hermana con ese tono solvente que tanto admira papá. No, fingí, ¿por? Por nada, respondió ella, ¿cuánto necesitas? Cuando dije la cifra me sentí rara, agradecida, menor.

En su autobiografía, Richard Gwyn cuenta cómo salvó la vida gracias a un transplante de hígado. El hígado que Bolaño esperaba, ese que su hepatólogo no pudo conseguirle mientras él le dedicaba su última conferencia, el hígado que Gwyn le restituye a Bolaño.

«Me he pasado años investigando la subjetividad del enfermo, he dedicado una tesis a la construcción narrativa del paciente, he publicado en revistas especializadas y hasta escrito un par de libros sobre el tema», conozco la sensación: estar enfermo de enfermedad. «Nada de eso puede ayudarme ahora. Estoy en una zona postdiscursiva. He llegado al Fin de la Teoría», fin que, por supuesto, tampoco nos cura de nada, salvo quizá de la esperanza de encontrar El Remedio, La Idea, La Comprensión del Fenómeno, males culturalmente contagiosos.

Gwyn habla de dos reinos que se sueñan opuestos, el de la enfermedad y el de la salud. Él ha vivido en ambos, como tú, y ya no está seguro de cuál es el suyo. «Es como si tuviera los pasaportes de dos países que sospechan el uno del otro.» Los súbditos del reino de los sanos recelamos de nuestro futuro reino. Tomamos nota de él. Fingimos asumirlo objetivándolo. Lo estudiamos en busca de algún pasaporte diplomático que nos ahorre los trámites sórdidos.


Querido, diario Mario. Hoy, sin saber por qué, me he divertido bastante. A lo mejor es porque no ha sucedido nada fuera de lo común.

Lo próximo, que también va a doler, será dejar entrar a la alegría. Si viene. Si la reconozco. Ya voy intuyendo el otro golpe: no el de la pérdida, sino el del remordimiento por las nuevas ganancias. Como el día de hoy, sin ir más lejos. Como este sol desfachatado que entra por la ventana de nuestro dormitorio, parecido a un niño rompiendo los jarrones.

Me asusto cuando a veces, momentáneamente, te olvido. Entonces corro a escribir. No tendrás queja. Hasta olvidarte me recuerda a ti.

Pensaba (amada obviedad) que lo peor de perderte iba a ser no tenerte. Pero no: sigues ahí, te pienso hablándome. Para evitar ponernos esotéricos, digamos que te has convertido en parte de mi organismo. Ahora que estoy acostumbrándome a estar sola (o como mucho, algún sábado, a estar con no sé quién), lo peor es aceptar que yo no estoy en ti. Ya no te consto. Desde ese punto de vista, yo también me he muerto.

Pero mira ese sol, qué sinvergüenza.

Me acuerdo de nuestras charlas en el hospital. No tanto por lo que nos decíamos (no hubo ninguna revelación, al menos ninguna revelación verbal), como por el milagro absurdo de hablar con alguien que se moría, que ya se iba y seguía hablando. Me acuerdo sobre todo de una conversación. Tú estabas acostado con los ojos abiertos. Yo estaba sentada junto a tu cama. De vez en cuando nos acariciábamos. Castamente, de nuevo. Era una tarde tibia. Parecías tranquilo. Mirabas por la ventana. ¿Estás listo?, te dije. Y te apreté la mano. ¿Y tú?, me preguntaste. No me acuerdo de qué te contesté.


Vengo de la consulta de Ezequiel. No llamé. No pedí cita. Simplemente llegué, me senté en la sala de espera y me quedé mirando esa puerta que tan bien conocemos.

Crucé algunas palabras con los pacientes que fui teniendo al lado. Todos dieron por hecho que estaba ahí para lo mismo que ellos. De vez en cuando se levantaban, me sonreían mínimamente y entraban en la consulta. De inmediato venía otro a ocupar su lugar.

Vi a gente de nuestra edad, adolescentes, viejos, niños. Vi a padres, abuelos, amigos, tías. Vi a hombres y mujeres mejor y peor vestidos. Todos me parecieron feos. Todos eran hermosos.

¿Hace mucho que espera?, se solidarizó conmigo una señora sola. Bastante, respondí, ¿y usted? Toda la tarde, dijo ella, prefiero llegar antes, me da tranquilidad.

De pronto se filtró por la puerta la voz de Ezequiel, el timbre del doctor Escalante. Creció. Vibró. Llegó hasta el umbral. Se mezcló con otras dos voces más tenues. Entonces asomó la cabeza peinada de Ezequiel, apareció su cuerpo entero, todo vestido de blanco. Estaba con una pareja de ancianos, él muy serio, ella tratando de sonreír. Ezequiel iba en medio de los dos. A ambos les posaba una mano sobre el hombro. Los tres bajaron repentinamente la voz al traspasar el marco. Sus seis pies se detuvieron frente a la sala de espera. Me concentré en la cara de Ezequiel. En sus cejas oscilantes. En su forma de hablar, sin despegar casi los labios. Despidió a la pareja. Yo agaché la cabeza rápido. Creo que no me vio.

Cuando la puerta de la consulta volvió a cerrarse, me levanté y salí detrás de los ancianos. Avanzaban dando pasos cortos. Imité su ritmo. Caminé con ellos. Los seguí durante un rato, mirando sus espaldas.

## Nota sobre las traducciones

Las traducciones al español de los libros citados en esta novela son improvisaciones del autor. Si la escritura nos permite hablar solos, leer y traducir se parecen a conversar.

*Diciembre de 2008-mayo de 2012*

Un viajero enigmático. Una ciudad en forma de laberinto de la
que parece imposible salir. Cuando el viajero está a punto de
marcharse, un insólito personaje lo detiene. Lo demás será
amor y literatura: un amor memorable, que agitará por igual
camas y libros; y un mundo imaginario que condensa los con-
flictos de la Europa moderna. *El viajero del siglo* propone un
apasionante experimento literario: leer el siglo XIX con la mirada
del XXI. Un diálogo entre la gran novela clásica y las narrativas de
vanguardia. Un puente entre la historia y los debates de nuestro presente global, lleno de inteligencia, humor y personajes
emocionantes.

«Tocado por la gracia. La literatura del siglo XXI pertenece-
rá a Neuman y a unos pocos de sus hermanos de sangre.»
ROBERTO BOLAÑO